COCO的
美丽秘笈

李薇（Coco Li）编著

 化学工业出版社

·北京·

从平凡胖女孩华丽变身选美亚军，这是怎样的一个蜕变？在本书中，Coco首次全面公开自己的减肥诀窍，看她是如何从一个近70公斤的"胖小鸭"化身48公斤的"瘦天鹅"并保持至今。美丽，就要全方位，Coco更总结多年"臭美"经验取其精华与大家分享，全面介绍从护肤到美妆以及服饰搭配的心得，大至护肤保养心得、不同妆容打造技巧、穿衣搭配实例，小到瘦脸按摩、假睫毛佩戴技巧、头发造型、脱毛处理等细节都介绍周详、图文并茂，可谓是一本全方位立体式的美丽宝典。爱美的你，还等什么，看了绝对不会让你失望哦！

图书在版编目（CIP）数据

Coco 的美丽秘笈 / 李薇编著 . —北京：化学工业出版社，2010.6
ISBN 978-7-122-08245-9

Ⅰ.C… Ⅱ.李… Ⅲ.①女性 – 减肥 – 通俗读物②女性 – 美容 – 通俗读物 Ⅳ.① R161-49② TS974.1-49

中国版本图书馆 CIP 数据核字（2010）第 068894 号

责任编辑：张　琼　　　　　　　　　　　装帧设计：尹琳琳
责任校对：郑　捷

出版发行：化学工业出版社（北京市东城区青年湖南街13号　邮政编码100011）
印　　装：北京画中画印刷有限公司
880mm×1230mm　1/24　印张6　字数128千字　2010年7月北京第1版第1次印刷

购书咨询：010-64518888（传真：010-64519686）　　售后服务：010-64518899
网　　址：http://www.cip.com.cn
凡购买本书，如有缺损质量问题，本社销售中心负责调换。

定　　价：28.00元

Coco
对所有女生想说的真心话

在大家看我书的内容之前，先简单地来个自我介绍吧！

我1983年初出生于大连。从小的生长环境还算不错的，由于老爸老妈工作太忙，我的童年基本上都是由我的太奶（也就是我爷爷的妈妈）带大的。那时候爸爸常驻香港，妈妈工作也忙，经常出国，所以他们每次回来都带金莎巧克力慰劳我。导致我在小学和初中的时候，一直活在肥胖/小肥猪的阴影里。但是万事都是有起因的，谁叫我一口气就可以吃掉超过20粒的金莎巧克力呢……唉！

1997年初中没毕业就被老妈送到澳洲去念书了，2004年大学毕业后，误打误撞竟然就找到了一家珠宝贸易公司的工作。工作的性质挺好的，听了也很吸引人（就是卖珠宝和首饰到亚洲的各个航空公司以及机场免税店）。可我就这么做了快一年，才发现原来在办公室每天E-mail来E-mail去的工作并不是我最想要做的事情，至少目前不是。于是我辞职了。正在人生不知道干什么好的时候，我看到中国贸促会招人做2005年日本爱知世博会的中国馆形象大使的工作，于是我又搭了2张飞机票跑回国参加面试，结果就很顺顺利利地去了日本。

2005年在名古屋工作的那段时间，我学了很多很多书本上从来没教的知识和道理。第一次跟陌生人同住一个房间（当然之后我们就不陌生了）；第一次集体的生活；第一次有领导组织的管理（我真觉得中国的领导和国外的boss/manager完全是不同性质的）；第一次几乎每个星期工作7天，每天几乎都超过10个小时；第一次让我尝试着做了很多活动管理等工作。不过另一方面获益最大的就是让我亲眼领略到了日本妹妹是如何通过化妆品化腐朽为神奇。那时候每天几乎都六七点下班，下班之后最大的乐趣就是走到离公寓5分钟路程的名古屋数一数二的大药妆店混时间。在那里一呆就是一两个小时，随便试用化妆品（保养品）试到手软，一星期几乎5天都去报到，雷打不动。在日本领取的一点微薄薪水基本上全部上交到药妆店，也是在那时，我经过无数的手背试验，才发现了好用的PN腮红和Kate眼影等。可以说没有那时候的日本生活，也就不会有今天这么热爱彩妆的我。

世博会的工作结束后回到澳洲，我就跑去悉尼大学读策略公关的研究生。2006年毕业后，就边找工作边开始认真地写我的博客，没想到通过神奇的网络世界，展开了我人生的另一页，也认识了很多的好朋友。工作还没找到，结果自己在鬼使神差下竟然跑去参加了2006年的悉尼华裔小姐选美。哈哈，其实我从来也没想过要进入演艺圈什么的，选美纯粹是想要证明自己。其实我小的时候因为太胖了，所以自卑过好长一段时间。长大后就算不自卑了，也总觉得自己不够好，不能最乐观地看待自己。参加选美应该是我人生中一个相当有意义的事情，给自己找到了很多自信。其实"美女"是没有一个衡量规则的，每个评审的眼里都是萝卜白菜各有所爱。而你要做的只有相信自己是最好的，并且毫不怯场地推销自己。虽然没有得第一名，但是我已经很心满意足了。我想等我老了，也可以很炫耀地跟自己的孩子说，看到电视上的选美没有？当年我也曾是其中的一位，还赢得亚军和最上镜以及最健康三个奖哦！此外，在选美期间最大的收获就是假睫毛了，没有选美半逼迫性质地戴假睫毛（大家都戴，你总不能不戴吧），我还真不知道什么时候才能体会到假睫毛的神奇力量。要特别说的就是，那段时间对我真的很微妙。我以前一直引以为卑的肥胖身材，竟然可以成为选美期间唯一可以赢得过别人的地方。是的，我脸大不上镜，不过身材在镜头里面看就很漂亮，刚刚好。选美期间也真的是我最瘦的时候啊，压力太大了，才48公斤。看着TVB（香港电视广播有限公司）的人一直叫别的女生再瘦点，看到我却说："OK,没问题！"那种感觉真的有点讽刺。我很想大声地说：我以前可是很肥胖的啊！不过，如果真的要当艺人会很辛苦啊，一直要保持着激瘦的体重。所以选美对我来说是个特别的经验，以及美好的回忆而已啦。之后就是在一家非营利组织的商会做Executive Officer，主要负责做各种不同的活动。

我觉得美丽是个很难定义的词，再美的美人和花朵都有凋零或者被遗忘的时候，但是自信却可以让你的气场很强大，也让你更令人难忘。所以啦，追求美丽不是一味让自己眼睛变大变宽，鼻子变挺，脸变尖等。而是要找到自己的个人特质，然后加强，最后演变成你的个人特质。就拿我来说，我天生眼睛不大，但是我知道自己笑起来的眯眯眼很待人亲，所以我只会用假睫毛和眼线让自己的眼睛有神，但是不会用双眼皮贴纸让自己的眼睛变得很宽大。我知道自己适合自然黑头发，就不会跟着潮流染成其他的棕色、亚麻色。我也知道自己的骨架大，所以选择小礼服的时候，会最常选无肩带款式的，要让自己比较宽的肩和胸骨成为焦点，而不是包在衣服里面看起来像个金刚芭比。所以啦，我们要找到自己的特点，好好加强特点，做个有自信、有气场的女生，而不是一个模子刻出来的千篇一律的大众美女。我相信世界上没有丑女人，只有懒女人，终极目标就是做个令人难忘的气质美人。如果你看到我以前肥胖、没自信的照片的话，你一定不会联想到今天写书的也是我本人。所以我能做到的，你们也能，不要放弃自己要变美的理想！坚强的意志力和决心就是成功的关键。

李薇

2010年3月

目录

PART 1　一定要瘦！

减肥，我所走过的路 …………………… 002

用思想武装自己先 …………………… 009

减肥，吃什么 …………………… 010

减肥之小动作、大收获 …………………… 014

PART 2　护肤保养，打好美丽基础

悉心呵护我们的脸面 …………………… 026

不可忽视的身体保养 …………………… 044

PART 3　化妆，让我们一起化"腐朽"为神奇 …

化妆用品大推荐 …………………… 055

目录

真人妆容示范 ······················· 073

Coco独家秘技大公开 ·············· 088

PART 4　人靠衣装

Coco实践版服装搭配 ············· 098

选对内衣，真的差很多 ··········· 120

附送　Coco独家收纳技巧

一、化妆品收纳 ··············· 127

二、旅行收纳 ················· 129

三、家居收纳 ················· 133

PART 1

一定要瘦！

减肥是一种态度，是一种毅力的挑战，以及自我的重新认识。

但是当人变得成熟了之后、激动回归于平淡之后，最终会发现其实健康才是王道啊！！

现在看书，上网，看电视，出去聚餐，只要有女生的地方，你就一定逃离不了减肥这个话题，或者至少减肥这两个字！我本人真的是太有感触啦 >__< ，因为从我的小学时代开始，我的人生就一直在跟肥胖作斗争，这是一个长久持续而漫长的拉锯战。也许有很多的男生，或者天生就很瘦的女生可能搞不懂，为什么减肥对一些人来说这么的重要~ ~ 而以下就是我对减肥的一种个人感受以及态度。

减肥，我所走过的路

2002 ~ 2003年

2002～2003

2004年 (这应该是我过了20岁后，最胖的一年了)

2004

003

2005年 (转变中)

2006年　应该是我人生中最瘦的时期，最瘦到过48公斤，不过身体没有那么健康，很多小毛病，因为常常生病，人也变得比较不开心。

之后就是这几年的正常饮食和维持状态。

2007年

2008年

2008

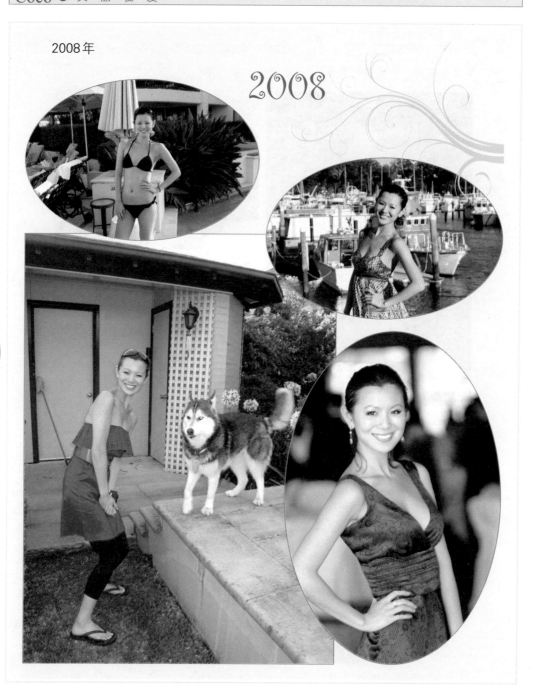

2009年

其实仔细看的话，我2009年中由于工作压力大，导致中午、晚上不怎么忌口，那时候偏爱麦当劳、Pizza什么的，结果胖了两公斤多。等体重计发现了问题所在，你所面临的就是正视它，并且解决它。所以之后我比较注意自己的饮食，午餐大部分只吃沙拉或蔬菜，不碰油炸的薯条。晚餐尽量避免碳水化合物，慢慢地，大约2～3个月后，体重又恢复到52公斤左右。我知道现在的我不瘦，但是很健康，每天都过得很开心。

2009年初

恢复期：

2010年

2010

用思想武装自己先

　　我曾经自卑过、痛苦过、悔恨过、哀伤过、难受过……曾经被人骂过是傻大个（虽然现在想想，讲我"大个"也有一点夸我长得高的成分在，所以我就不那么计较这个外号了），也被人骂过是N种不同形容词的猪，而以上的原因都是因为我太胖。我曾尝试着假装坚强，听不见外界的种种外号，但只要你一天瘦不下来，你的心永远没办法开心起来。自欺欺人的生活反而更不好受。

　　所以我发誓，我一定要变瘦，一定要减肥！

　　所以，自我有记忆、思想以来，我的脑子里从来没有不想过"减肥"这个词！从9岁一路减肥到现在，我不停地减，以后也永远地减下去！有人问我，瘦真的那么的重要吗？答案很简单，你没当过胖子，所以不知道当胖子的痛苦与辛酸！我不要那种痛苦再次降临到我的头上，尝过两次这种可怕的经验就够了，我要过一个有自信、不自卑的人生！

　　说到减肥，那可是件可怕的事情：想吃的东西不能吃，每分每秒都顶着无限的饥饿与空虚感！但当你跳到体重计上发现自己又瘦了2公斤的时候，那种喜悦是可以和中大乐透（六合彩）相媲美的！

　　而人瘦了，也就会莫名其妙地变美了！我记得几年前我爸去接机之后，他悄悄跟我妈说"Coco整容了吗？"我当然没整容，但当一个人瘦了的时候，她就会散发自信，一种有点小小"自恋"的自信！

　　看看我2004年时的照片，有多可怕、多令人为之震惊！但我不会觉得不好意思，因为我就是我，没整容，没抽脂！用自己的方法瘦下来的我。对比胖胖的我和现在的我，我真的没变，只是瘦了，有自信了，生活得更开心了！所以，我永远都要减肥，永远都不要肥肥的！

　　很对人都很好奇我到底使用什么方法减肥的，从之前惨不忍睹的"肥"妹一个，到现在的人模人样。其实我觉得减肥用的不是一种方法，而是一种意志，和你自己对抗的意志。现在的减肥方法五花八门，基本上只要是有科学根据的，都能把我们的肥肉减下来。但问题是我们真的经得起这样的折腾吗？比如说：不吃最爱的食物；又或者每天要跑1小时等。这时候，就是看我们能不能控制得了自己了。比如，不吃就是不吃；做运动就不能因为乱七八糟的借口而放弃，一定要坚强地战胜自己。

我一直都相信世界上没有丑女人，只有不想让自己变漂亮的懒女人！人生一世，最重要是如何让自己活得开心，而不是在自卑、内疚、烦恼中度过。而把自己打扮得漂亮还有减肥，不只是为了别人，还是为了让自己活得更有自信、更开心。毕竟现在的社会，很多时候是先看外貌，再看内在。要减肥的各位请加油，要相信自己一定会变成一个大美女的哦，我没减肥、没化妆之前也是超丑的——惨不忍睹。哈哈，当我的朋友现在讲我之前是如何的肥、如何的丑的时候，我听了很开心、很爽，因为我觉得这是一种鼓励，推动我继续前进、继续挑战自己。

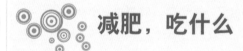

减肥，吃什么

好了，减肥的心态已经蓄势待发了，那么要怎么开始实质上的行动呢？首先就是吃。很多人都问我，你减肥时吃什么？好问题！如果你减肥时还大吃大喝的话，那还能叫减肥吗？

>>> 1. 曾经我这样吃

我觉得每个人有适合自己的减肥法，有些方法用在别人身上有效，也许用在自己身上就无效了！最好多试不同的减肥方法，找到属于你自己的一种！

我现在就来分享我的减肥法，但是，也许对你会有效，也许无效哦！

我的原则：

● 星期一～星期五，吃得像乞丐，周末吃得像皇帝！想想，如果有时你不让自己放纵一下，吃点你爱的甜食或油炸食品的话，减肥还没撑到1个月，你会先把自己搞疯掉！

- 少吃糖，少吃盐，少吃碳水化合物！多吃蔬菜，水果，蛋白质！我个人最崇拜的减肥法就是低碳水化合物、高蛋白质。我从来也没在意过自己每天吃多少的热量，只有在控制碳水化合物的摄取量！女生们注意，高蛋白质有时真的会让你二度发育哦！像我自己就吃很多的果仁，外加每天至少喝超过500ml的低脂牛奶等。

  星期一到星期五的白天我会吃：一大堆的杏仁、花生、腰果，3瓶养乐多，一大杯的低脂牛奶和一条香蕉！下午再吃些水果、nuts bar什么的！然后晚上照常吃饭，但尽量少吃白饭、面条、面包等碳水化合物！

- nuts bar 是很多不同种类的坚果类集中在一起，再用蜂蜜把它们粘成一块。吃起来的时候甜甜的（是蜂蜜），外带着浓郁的果仁的味道。既健康，又有营养，还不会难吃。而且另外一个好处就是它很方便。在家可以当早餐、下午的零食、赶时间时候可以在火车上吃、车里吃，也可以在电脑前面吃。还有旅游的时候也可以当救命的粮食。如果吃nuts bar，再配上一大杯的牛奶，真是我人生的一大乐事。

- yakult 也叫益力多、养乐多。平常都是红色版的。不过澳洲却有出蓝色版的，是比较低糖、低脂肪的。每天喝上1～3瓶，可在肠内增加有益的菌类，增加肠蠕动。真的超级好喝的哦。尤其到了夏天，把它冰在冰柜里，再拿出来吃时，就变成美味的冰沙了。

  周末我可就什么都吃啦，面包、蛋糕……管他的！

  还有，喝水真的很重要！不要喝任何的饮料，只喝白水！我每天至少会喝2升的白开水！不要怕水肿，疯狂地喝水，不仅让你瘦身、排毒，还能让你有美美的肌肤！

  最后是我的忠告，减肥成功与否，靠的不是方法，而是你自己的意志力！其实我相信，不管何种方法，只要能坚持住，控制得了自己，都一定会瘦的！

>>> 2. 熟女之不增胖养生之道

几乎90%的女生过了25岁之后，每个人都或多或少有一些和以前不一样的感觉。毕竟你已经不再是十八九,二十出头的小姑娘了!现在已经27的我这几年我感触颇多。等你的年龄到了一个阶段之后,不是说少吃几餐就能马上瘦个几公斤的,也不是饿了几天之后还能活蹦乱跳地去上班的。年龄以及老化对我们的威胁从这时开始变得更加紧迫逼人,减肥虽然还是件大事,但是和你的身体健康相比,也就不是那么重要了。还有25岁的女生也都有自己的事业了,每天在办公室都要工作个七八个小时的,时不时加个班,如果还减肥,不只工作做不好(身体太虚了,大脑不工作),搞不好都把胃病什么的给搞出来。现在的我,虽然还很在意自己的体重,但是更在意还是自己的身体健康!如果一味的减肥,身体得不到需要的营养,抵抗力差了,病魔也就随之而来了!

下面是我现在每天吃的东西。

早晨起来第一件事,喝一杯加了一小汤匙Manuka蜂蜜的温水,帮助清理肠胃。我吃的Manuka蜂蜜都是在10+以上的。说明:把蜂蜜与标准的抗菌剂的性能做比较。数字表示的是Manuka蜂蜜内所含的抗菌活性,且越高越好。0~4,低量活性给予营养功效,就当普通的蜂蜜吧;4~8,中等活性可以帮助一般身体健康,涂面包吃什么的刚刚好,营养够,也不太贵;10~18,含更高的活性抗菌效果,对于消化系统有很大的帮助,这个涂面包吃就有点奢侈了,我一天一口就够了;18以上,顶级活性抗菌效果,希望只用于专门地区,像是伤口、痘痘、溃疡等,我还没需要用到这么高的。切记:Manuka蜂蜜内所含的抗菌活性怕高温,所以为了能更好地发挥Manuka蜂蜜的功效,我都是睡觉前挖一小汤匙Manuka蜂蜜放在凉水里,第二天的早上再加一点点的温水搅匀之后喝下去。如果最近便秘了,我就毫不客气的挖一汤匙的Manuka蜂蜜直接放到嘴里吃!!

早餐吃得饱。我基本上吃一片的粗粮面包,搭配巧克力酱或奶酪或者花生酱什么的(没办法,单单吃粗粮面包真的没什么味道),再喝一杯牛奶。

上班到11点左右,要是饿了,就随便得吃几粒坚果(如腰果,杏仁什么的)。

中餐清淡些,尽量不吃碳水化合物,多吃绿色的蔬菜,如沙拉等。

下午三四点饿的时候吃个苹果、香蕉什么的。

晚餐因为和家人吃，所以不能不吃，但是也是几乎不碰碳水化合物，如米饭等。多吃菜，多吃肉，多喝汤。吃完晚饭后，实在嘴馋了，就吃一两块饼干或半块蛋糕什么的（但是一个星期可不要每晚都吃哦，最多两三天）。

然后到了再晚点，就什么都不吃了，实在太饿，看电视嘴馋了，就继续用一个水果顶上！

一个星期有一两次，可以稍微放纵一下，吃个小披萨，或者麦当劳、冰淇淋什么的。这样持之以恒下来，四舍五入，都快到30岁的我并不是非常非常瘦，但是也不胖，还很健康，基本上的口福也都享受到了。体重也维持得很标准，大约在52公斤上下（我身高170）。

除了正常的饮食，我每天在办公室还吃下面这些东西。

维生素B群：因为工作忙、压力大，所以我很容易上火，嘴巴里面会长溃疡什么的。所以吃维生素B群会帮助减轻压力，增加精力以及减少口腔溃疡。另外长辈说五谷杂粮、大米饭等里面含有人们所需的维生素B群，但我碳水化合物吃得少，所以只有另外补充了。

含有叶黄素（Lutein）以及欧洲蓝莓（Bilberry）的健康食品：每天工作面电脑七八个小时以上，加上回家看电视，去海边晒太阳、开车（澳洲气候很干燥），外加我之前还做过近视矫正手术，所以眼睛可是要好好保养的。这两者可以①增进视力、保护视网膜，Lutein是非常好的抗氧化剂，它能过滤掉光源中有害的自由基，也是组成眼球细胞中非常重要的成分。Billberry则可以加速眼睛周遭微血管中血液及氧气的输送。②降低患白内障的风险。白内障的起因，是水晶体内的蛋白质因为自由基的氧化作用而起病变，导致水晶体变混浊。Lutein，是唯一可以存在水晶体内的类胡萝卜素，也是水晶体抵抗氧化作用的唯一武器。

下午吃含蔓越莓（Cranberry）或小红莓的健康食品：每天吃可以有效减少尿道阴道方面的细菌感染风险。蔓越莓提取物能帮助尿道保持酸性环境并具有自净作用，使绝大多数细菌的活动繁殖受到抑制。

另外还有很多其他的健康食品也都是对女生好的，比如月见草油、钙片（切记要和维生素D一起吃，不然效果不大的）、葡萄子、Q~10~、维生素C、鱼油、胶原蛋白等，但是一个人哪能一天吃那么多辅助食品，所以我选择对我自己来说最最需要的，健康的眼睛和健康的身体才是革命的本钱啊！

减肥之小动作、大收获

随着年龄慢慢地增加，我渐渐体会到，随着新陈代谢的下降，我们女生就算少吃，但是小腹、手臂上的肉还是会有点松松的，这时候就需要适量的运动了。好，我承认，我真的是个很懒很懒的女生，也不太喜欢去一大堆人的健身房挥汗如雨，所以我就慢慢找一些可以在家里，边看电视边做，或可以利用睡觉前的10分钟做的一些小运动。刚刚做的时候，可能效果不大，但是只要你持之以恒，一定会有效果的！

我个人其实最在意的是我以前肥得跟球似的小腹，对我来说是个死穴，感觉自己胖不胖、看别人胖不胖，我都会特别注意小肚腩有没有凸出来的。注意：以下的这些只是我自己的个人经验而已，不一定会100%有效哦！其实我的这点经验，网络上找到处都有，没什么特别的，只是有我这个姿势不是很优美的真人示范就是了。因为我平常都很懒，所以以下的运动都是我晚上睡觉前做。特别要说的就是以下的这些运动是紧实身体用的，这种局部运动都是锻炼身材，将肥肉变得有型而已。只有每天大量跑步，做燃烧脂肪类型的运动，脂肪才会慢慢地消耗掉。

我不知道这些也许不是最有效的方法，但我减肥期间每天都坚持100下，现在是维持阶段，所以大概两三天才会做一次100 ~ 120下。

>>> 1. 锻炼小腹的上部分

基本的仰卧起坐就行了，我做的是有点改良式的了。首先，找个不能太软的垫子，因为拍摄角度的问题，这里我就选择在床上了（其实还是硬一点的垫子对背部会

比较合适)。

（1）躺平，手指轻触头，腿弯起成直角。

（2）起来，不要手指用力（还是只要轻轻碰头就好了）。要感觉是用小腹的力量让自己的脸向膝盖靠，腿保持不动。不用太勉强。

（3）往后躺时，背不要碰到垫子（如果碰到了，你很有可能之后会靠着垫子的弹力作用再起身，而不是用自己小腹的力量）。离垫子还有一个拳头宽最好，然后再起来，重复动作（2）。注意：做得不要太快，不要依靠惯性，要感觉到小腹在用力。量力而为，我最开始从8个开始做，过了好几个星期才升到做10个为一组，一个晚上做2组。慢慢的过了半年才到现在的50个为一组，一个晚上做2组。

>>> 2. 锻炼小腹的下部分，也就是肚脐以下的地方

（1）躺平。双腿抬高到80° ～ 90° 角，数8 ～ 10秒钟。

（2）然后慢慢地把腿放低到45° 角，数8 ～ 10秒钟。感觉小腹很用力地撑着你的腿。

（3）继续慢慢地把腿放低到30°角。数8～10秒钟。角度越小就越难，小腹的下部分就越使劲。

（4）最后把腿放到15°角，数8～10秒钟。如果可以的话就不要碰到床或垫子，再次重复动作（1）。不过如果小腹坚持不住的话，就把双腿放到床或垫子上，让小腹休息一下，再来。切记，这个动作最好每天不要做超过10下。

好了，如果你可以很成功地做好以上的两个基本的动作之后，就可以慢慢加深难度，做一些晋级版的小运动。

>>> 3. 锻炼小腹左右两边的部分

同样因为拍摄角度的问题，这里我就选择在床上了。其实还是地板上铺垫子是最正确的方法。

（1）基本姿势：把双手放在头后，双腿伸平，稍微抬离垫子。

（2）右膝盖尽量靠近胸前，同时感觉要用左手肘去碰右膝盖。最重要的是要感觉自己的两侧小腹是在用力就对了。然后慢慢退回到基本姿势（1），再换右手肘去碰左膝盖。从力所能及的次数开始，慢慢上加。我大概每晚做20次左右。

>>> 4. 另外一个针对小腹两侧的运动

（1）坐在垫子上，膝盖弯曲，背部稍微往后倾斜，双手伸直抬于胸前。

（2）身体下半部分不动，旋转身体的上半部分去右边，旋转的同时双手向下，伸到和臀部一个高度。同样，要感觉到自己两侧的腹部肌肉在用力。回到姿势（1），然后身体再向左转。做 10 ~ 20 下。

>>> 5. 美腿运动

如果你还有时间的话，可以在床上做以下的一些美腿运动，能保养双腿，尽量的紧实。

（1）空踩自行车。就是躺在床上感觉用脚在骑自行车，无聊的时候，我就会做，每次50～100下。

（2）每天站久了，腿都会有点肿胀，睡前倒举个3～5分钟，帮助腿部得到良好的休息。

>>> 6. 美胸运动

　　我也是在电视上看到的，主要针对去副乳，也就是手臂到胸口的这块肉。这边平了，胸部也就显得大了。另外我觉得这运动会帮助集中，并使胸部稍微挺起来。不过不要期待太多，每个人的体质不一样，效果也就不一样。

　　（1）基本姿势：站直或坐直（我一般都看电视的时候做）。手肘靠在一起，手臂成直角。

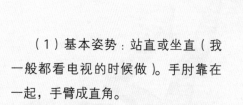

正面图

正面图

　　（2）向上抬，手肘还是要靠在一起，再回到基本姿势。连续做 10 ~ 20 下。

（3）打开，再回到基本姿势。连续做10～20下。

正面图

（4）向前，手肘还是要靠在一起，再回到基本姿势。连续做10～20下。

>>> 7. 瘦手臂运动。

另外随着年龄的增加，我最近面对的一个大问题就是蝴蝶袖，于是每晚看电视的时候又多了一项运动。同样的道理，此运动只是会结实肥肉而已。

（1）坐好，背部伸直，双脚平放在地上。双手举哑铃（如果家里没有哑铃的，可以如图，找好拿的水瓶代替），我个人双手拿的是3公斤的，可以根据自己的实力选择2～6公斤的重量。双手伸直举过头顶（最好成一条直线），且手肘不能弯曲。

（2）弯曲手肘，把哑铃举到头的后面，记得肩膀要放松，要感觉到蝴蝶袖部分的肌肉在用力。等2～3秒，然后回到姿势（1）。我一般都是一组做10～15下，每组中间休息一小会儿，每晚做2～4组。此姿势也可以站着做，非常适合看电视的时候来运动。

以上所有的运动，都是我晚上睡觉前，有空边看电视边做的，基本上保证一个星期七天内，有五天每晚做120下的仰卧起坐以及瘦手臂运动，其实全部加起来也不用20分钟，但是你的恼人部位都会雕塑出很有型的线条哦。

PART 2

护肤保养，打好美丽基础

　　我一直都相信这个世界上没有丑女人，只有不会让自己漂亮的懒女人！我相信，只要你认真有心，丑小鸭也是会变成天鹅的！

　　怎么变？最直接莫过于整容、抽脂！如果你不想那么劲爆的话，最近开始很流行微整容，虽然自己看了也很心动，打个玻尿酸、肉毒杆菌什么的，但是现在还年轻，还是等过了35岁，真正需要的时候再说吧。大部分年轻的女生，如果经济条件有限的话，其实用保养品、化妆品好好地装扮自己也是会小有成果的！

　　记得从以前就超级爱看日本的女性杂志，特别是看别的女生用什么保养品和化妆品的那个栏目！看看她们的化妆包里到底都装了什么物品！到了现在，我看杂志，还是会去特别注意看那些艺人、模特推荐自己爱用的东西！看了这么多别人的，现在就来分享我自己爱用的物品吧！也许不是最贵、最有名的，但却是我个人用了感觉最好用，适合自己的。

　　特别声明，因为我不是专业的美容师，所以以下的心得都是以我自己的亲身经历为主，没有特别专业或科学的根据。而且我主要是干性肌肤，所以可能对油性皮肤的女生不是那么适合，一切还是要看自己的体质/肤质做最适合自己的选择哦！

悉心呵护我们的脸面

　　不用多说，脸部保养一定是每个女性都看重的地方，而"臭美"的我更是学习"神农尝百草"的精神遍试护肤品。不管是网络推荐的热门单品还是各大品牌的王牌产品，Coco我都是怀着一份好奇的心去试个遍，以下介绍的就是经过我多年亲身充当"小白鼠"的经验，精挑细选下来的性价比超高的心水之物，毫无保留地都介绍给大家了，我们一起美丽吧！

　　就先从卸妆开始说好了，化妆和卸妆是同样非常重要的。以前的我可以用超过30分钟化一个精致、完美的妆容，但当晚上回到家，自己又累又懒又犯困，所以就只用5分钟快速、草草了事地卸妆，然后蹦到床上倒头大睡。直到有一天看到一位专家说：你要用化妆同等的时间去卸妆，以及佐伯老师教导的如何正确地使用化妆棉。我才恍然大悟，真正了解到卸妆的重要性。如果没好好清理自己脸上的彩妆，不管你用多高级多营养的保养品也是白用的。

>>> 1. 卸妆

　　其实卸妆也没什么技巧性，但是一定要注意的就是：眼睛和嘴唇一定要用专业的眼唇专用卸妆水。我个人非常推荐Clinique的Take the Day Off眼唇专用卸妆液，因为我的眼睛做过激光矫正手术，所以非常的敏感，很多打着旗号说超级温和的卸妆液到我的眼里都是异常的不舒服，甚至刺痛。但是，但是这个Clinique的Take the Day Off是真的完全一点都不刺激，就算用这个卸妆液擦眼睑都不会觉得有一点的不舒服，弄到眼里也不会雾里看花。我给他打90分，而且用量很省，大量的眼妆要用化妆棉，少量的眼妆（如眼线，假睫毛胶水等），我用几根棉花棒就能轻轻松松卸干净。不过要注意，因为它是两层油水分离式的，所以使用之前一定要摇匀哦！如果Clinique的价位有点高的话，那么L'oreal的两层式的卸妆液也是个不错的选择，一样的不刺激、好卸。如果还有用超级定型，防水的睫毛膏的话（如Kiss Me 或用Visee等），我除了用眼唇专用卸妆液以外，也还会用卸妆油再仔细涂一次眼睛那里，才能确保百分百卸干净。

卸妆油个人比较推荐TISS的，主要是便宜，用多了也不心疼。而且除了正常的黄色瓶（手干的时候用），还有绿色瓶（手湿的时候用），这个方便了，如果妆不是很浓的话，就可以一边洗澡一边卸妆了，省时、省力。不过听说有些人用TISS会导致长痘痘，所以请小心哦，我个人用是完全没问题的啦。

另外日本的Curel卸妆凝胶，很温和，温和到没感觉，很不刺激，挤一些雾白色的凝胶到手上，然后再按摩到脸上，最后用温水洗掉，妆也都卸掉了。但是，就我个人而言觉得卸妆还是用油比较干净，但是还是有很多人赞它好用，所以推荐给用卸妆油过敏的朋友。

Dr. Ci：Labo 的另外一线的牌子Labo Labo 的卸妆油也是不错的。

另外，植村秀的几类卸妆油和很多开架产品（如，花王和资生堂的perfect oil）相比，对我来说，是用后的感觉相差无几，所以，对于要大量消耗的卸妆油，我选开架的。

>>> 2. 化妆棉

以下这个值得特别推荐和大力介绍，它的一片可以再分成五层，有很多好处，最赞的有三点：

① 分成五层薄薄的化妆棉可以做湿敷。只要是高机能的化妆水（美白，保湿，抗敏感，去油），像雪肌晶、玫瑰水等都可以利用化妆棉做敷脸用。我算过了一片可以分成5层的刚刚好适用整个一个脸。一盒里有70片，也就是可以湿敷脸70次。

② 当我现在用化妆棉擦脸的时候，我只用一片里的一层。所以也就是说：这一盒可以用350次（70×5）。按照早上用1层，晚上用4层（包括2层卸妆的），可以整整用70天呢。

③ 因为一片分成了五层，所以每一层都非常薄非常细腻，擦在脸上很舒服，不刺激。另外，由于很薄所以也没有像普通的化妆棉一样强的吸水力。原本用普通的化妆棉要压两次的化妆水，现在我只要压一下就够全脸使用的了。

要注意哦，这家的公司名称由原来的大三改为白元了，但还是一样很奇怪的名字！

>>> 3. 洁面

Nuxe 的 Honey Facial Cleansing Gel，用起来很温和，洗得也很干净，适合全家一起用。

Dr. Ci：Labo 的 Washing Foam，这个还真得很不错呢，洗脸的时候感觉洗得很干净，一丁点就会有很丰富的泡沫（不会有油腻感），洗完脸也不会觉得脸太干涩（就是一个什么都刚刚好的洗面奶）！但是，要是从

洗好脸到擦乳液的时间拖得太久了的话，那脸就会紧绷到不舒服了。

另外一个和它很像的就是RMK的Creamy Soap N，也是用一点就能起很丰富的泡沫，洗了特别干净，但是之后马上就要用保养品，不然就太干了。这大概是日系洁面的通病。

Fancl的洗脸粉，不错，很干净，也有不错的泡泡。不过Fancl家的产品的保质期都很短，所以要把握好使用期限哦。

suisai的洗脸酵素，这个也很好用，洗后皮肤很舒服也很干净，但是又不会干涩。因为是一个个独立包装的（洗一次脸，用一小盒），所以就算洗澡的时候用也不怕把整个瓶子弄湿了。唯一的问题就是除了日本，其他的地方不好买到，也不算便宜。

总之，我觉得普通的洗脸的产品，各个品牌都大同小异，只要用起来舒服，不会让自己的皮肤太干就OK啦。

>>> 4. 化妆水前

TAKAMI的最有名的Skin Peel，是非常温和的果酸，在洗脸后，化妆水前使用，促进角质的新陈代谢，使之后保养品吸收的更好！看到太多的人推这个啦，年龄越来越大的我想要走成熟、专业路线，所以买这个来试一试。一瓶约580块人民币，不算便宜哦。我都是洗脸后，挤两滴到手上，然后温和地擦全脸（但会着重擦拭我脸上角质厚的地方，如鼻子、嘴角两侧和下巴），之后再来化妆水的步骤。因为我是干性外加一点点的敏感肌肤，所以对刺激的保养品都是不太能接受的。虽然这个Skin Peel里面含有果酸，但是因为真的剂量很少，所以在我的脸上没有任何的刺激感觉。里面是透明的如水一般的液体。擦了之后马上就吸收了。然后再上化妆水的时候，会感觉皮肤很滑很嫩，不会涩涩的。就算隔夜，第二天起来的脸也是润润的，不会有一粒一粒粉刺等的粗糙感或者很涩的感觉！另外值得一提的就是，不知道是不是Skin Peel的功劳，但是自从用了他以后，我鼻子上的粉刺、黑头都很容易就搓掉。平常洗澡的时候，拿手指甲稍微刮一下鼻子的两侧，就能蹭掉很多一粒粒的粉刺、黑头等。当然啦，之后的鼻头就是前所未有的滑亮亮的。所以，一定会重复购买的！

>>> 5. 化妆水

化妆水我用过很多，但是因为自己的皮肤其实没什么大问题，所以用了很多牌子下来，感觉都是差不多的，没有什么特别惊艳的。

记得我还20岁出头的时候，脸上还是会时不时地长几粒痘痘，而那个时候我就用BIOTHERM混合型肌肤化妆水（绿色瓶子的），一年四季皆可用，又不会太贵！特别的一点是：当我脸上感觉快要长痘痘的时候，我从来不用任何去痘产品，而是晚上倒一点BIOTHERM化妆水到化妆棉上，然后敷在问题部位10～15分钟，第二天，

我的痘痘就一点点地消肿了！不过，过了24岁我就再也没用过这个化妆水了，感觉年龄一大，这个也就不再适合自己，干净有余而滋润不足。而且年龄大了的我也很少再长青春痘了。另外年轻的时候也常用雪肌精，不过对于我的皮肤稍微地刺激了一丁点，所以用过两瓶之后就不再用了。它的美白功效还是有目共睹的，不然怎么那么受欢迎呢。

ALBION最最有名的健康化妆水！关于ALBION这个牌子，我相信熟悉日式保养品牌的人一定完全不会陌生吧

（连日本的皇室都是爱用者），而他家最最出名的就是渗透乳和健康化妆水！最基本的产品资料什么的我在这里就不多做介绍了，因为各大美容论坛对ALBION的介绍分析简直高明细致到了一个让我叹为观止的阶段了。我只说：人多力量大啊！之前看过太多的报道，反映说这健康化妆水一定要湿敷（就是泡化妆棉，然后敷在脸上5~10分钟）才能发挥最佳的效果！对它充满了无限的期待。结果呢，用起来是很舒服，也没怎么长痘痘，皮肤感觉变得比较明亮，但是也就这样，那种神乎其神的感觉就没怎么体会出来了！如果价钱不是那么贵的话，我还是会每天用的哦。

suisai的保湿化妆水，Kanebo的Freeplus化妆水和CLARINS的Toning Lotion with Camomile化妆水。三个都很喜欢，用起来很水很舒服，不会给皮肤任何的负担。但是相对的，也就只有化妆水的功效了，胜在价钱公道。

RMK的角质化妆水SKINTUNER SMOOTHER，主要是去除老化角质以及溶解毛细孔脏东西的化妆水，以及收缩毛细孔等。我个人用起来的感觉还不错，每次用棉花蘸完化妆水之后擦脸，总还能擦出脏东西，但是其他去角质和收缩毛孔的效果就比较看不出来的。算是一个非常温和，不刺激的化妆水。

031

我另外要提的就是Kiehl's的大名鼎鼎的ULTRA FACIAL MOISTURIZER所延伸出来的Ultra Facial Toner化妆水，这个我用起来除了没有ULTRA FACIAL MOISTURIZER的滋润和舒适，竟然还带有一点点的刺痛的感觉，所以让我有点小失望。不过别忘了，我不适合的，不代表大家都不适合哦。但是干性皮肤的女生还是先用试用装感受一下比较安全的哦。

>>> 6. 眼霜

眼睛是心灵的窗户也是年龄老化的照妖镜，从眼睛很容易就看出一个人的年龄，所以所有的女生都对鱼尾纹、黑眼圈、眼袋等敬而远之吧！我觉得眼霜很重要，非常重要。而且不能在看到皱纹的时候才开始擦，要防患于未然！过了20岁就要擦。年纪轻的时候是适当的保湿，预防黑眼圈，明目。年纪大了就是要加强保湿，预防皱纹，再大点就要紧实松弛的眼皮了。现在的我27岁，对保湿

和预防皱纹看得很重，用了很多的眼霜，太滋润的会长白色的脂肪粒。不够滋润的，干干的皮肤很容易长皱纹哦。但是这个Shiseido的Super Eye Contour Cream确是100%满足我的心意。够滋润，去黑眼圈，而且用再多也不会导致我的眼周长脂肪粒。像这类的产品，我都是等到有特别Gift pack的时候买来囤积的。用一样价钱可以拿到很划算的其他试用装。

另外一个在用的效果很不错的眼霜，LA MER的The Eye Balm。淡绿色的有点硬的霜质地。试用的感受就是，你每次只需要在指尖蘸取一点点，就足够一双眼睛使

用的了。质地比一般的眼霜要来得厚重一点，但是很好涂，并很容易推匀开。而且一涂到眼睛上之后就会马上的被皮肤吸收掉，之后眼睛周围的皮肤就是滋润、滑嫩，非常舒服。但是平抚眼周皱纹等的效果却不太看得出来。所以就价钱来看，目前还是Shiseido的Super Eye Contour Cream经济又实惠。这个LA MER可能适合更熟女脆弱的眼部吧。

>>> 7. 瘦脸

这个就跟我减肥一样，是一生都在奋斗的一件事情。我从小到大，不止胖，还有着一张超级圆的大脸。那圆圆滚滚的大饼子脸一直是我的噩梦！以前，我在悉尼不止N次的被人误认为是没整形的韩国人（小眼睛，大饼子脸）。当然韩国也是有很多很多天生丽质的漂亮的女生啦，只是打个比方而已。所以从我开始减肥时，也就开始进行了我的抢救圆脸大作战。

瘦脸霜：

我从十五六岁就开始用了到现在。用资生堂的LOSTALOT和CLARINS的shaping facial lift，不过我是直到大约23岁，脸才真正的变小。也不能说变小了，脸形还在那，骨头什么的也都还在，就是脸上的肥肉慢慢地消下来了，看起来没有那么肉肉的，但是圆脸还是圆脸，除非削骨，要不然是不会变成瓜子脸的。那这些的瘦脸霜他们到底有没有用，我不太清楚，但我一直坚持在使用。我觉得如果人瘦了，瘦久了，脸也会跟着慢慢瘦下来。如果脸是水肿，资生堂的LOSTALOT和CLARINS的shaping facial lift应该很有效。它们都是排水、排毒的。CLARINS的shaping facial lift有个专门瘦脸的按摩运动，不过那个你要坐下来做个3~5分钟，比较麻烦。所以我就做我自己的简易瘦脸的按摩操（看下图），很快，一两分钟就搞定。

我的瘦脸霜是在化妆水之后，面霜之前用的，这个因人而异啦。从侧边的脸颊用点力的拍打往上擦（只往上哦，别上下来回。拍打的时候牙齿咬紧，下巴顶出，让脸颊两边的肉都绷紧了），次数随意。我一边平常大概做30下。如果只要我选一个瘦脸霜的牌子，我一定会选CLARINS。 基本上我觉得瘦脸霜都算是排水肿的效果多点，用了心安！但是CLARINS的会让我真正的看到一点不同。

瘦脸面膜：

　　正是因为有了CLARINS的shaping facial lift的成功案例，随之而来的相关产品也一个一个地出现。之后谈论最多的就是Shaping facial lift Wrap瘦脸面膜。这个，就是白色的厚厚的有点硬硬的慕丝乳霜质地的面膜。只能涂在鼻头以下的脸部，号称可以迅速消退早上脸部的浮肿、水肿，以起到提升外加紧致脸部轮廓的作用。我用这个的机会不多，一是谁没事一大早都还没怎么睡饱，就先来敷个10多分钟的面膜啊，除非自己真的要靠脸吃饭。二是，好吧，就说我为了爱漂亮，早上真的少睡了10多分钟起来敷面膜了，可是敷完还要洗掉，这洗—敷—洗的，未免也太折腾人了吧！所以，除非我真的一大早起来要出席特别的场合，为了照相好看，要不然我才没那么多

的时间用这个呢。而这个特殊的场合，从我买了到现在，也就两次。感受嘛，好像脸部真的紧实了那么一丁点，基本上我的肉眼很难看出差别。所以我觉得，除非你是早上起来脸非常水肿的女生，或者要上镜头，或者要出席特别的场合（如婚礼、宴会等），要不然我感觉这么贵的一瓶，还这么麻烦，不太值得。

瘦脸按摩棒：

　　基本上女生应该都知道这个了。很简单的一个小东西，随时随地都可以做。本来我也挺喜欢的，但后来看了一个电视节目的介绍。好像是《美丽艺能界》里面的一个专家讲过：要用的话，你拿按摩棒从下往上推（从下巴到脸颊）是可以的，但是你不能再从上往下拉（从脸颊再到下巴）是不行的。因为本来被你提上来的皮肤又会因为往下的动作而拉扯到。久而久之，脸上的皮肤就会变得越来越松弛了。唯一的办法就是：你拿按摩棒从下往上推到脸颊之后，两手拿着滚轮离开你的脸，之后再从下往上推。由于此方法太复杂，而我看电视的时候，一定要抢夺到遥控器的主导权，实在没有办法双手操作瘦脸按摩棒，所以也就不再用了。

Ya-man 按摩器：

　　这个是最新出的脸部按摩器，几乎各大日文杂志里都少不了它的踪影，配有高纯度锗＋黄金＋白金。据说，上面的9颗小粒是纯度99.999%锗，每分钟可拍打1200次，可以抗压、抗老、抗氧化、美白等。而且说它效果最大的功能就是瘦脸，每天只要3分钟就OK了。听起来真的很心动啊！用法：用颗粒的那面按摩脸部，特别是想要瘦脸的两腮部位；或

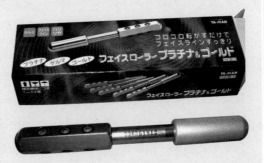

者用白色圆滑的那头可以帮助肌肤毛孔收缩。效果：圆滑的那头的毛孔缩没缩我是没感觉出来，但是脸好像按摩过后真的有缩小那么一点，感觉腮帮子都有点显现出来的感觉。但能维持多久我就很难感受到了。我个人看来，效果是有，但是差别并不巨大，却也值得投资。

>>> 8. 乳霜

　　KIEHL'S经典的滋润面霜ULTRA FACIAL MOISTURIZER，绝对的精品！用了超过6年，却从没换过的。现在年纪大了点，才慢慢改用其他更高级的面霜！但是不管怎么样，它在我的心中都有着超然的地位！真正的保湿、滋润、不油腻，KIEHL'S经典中的经典。我想很多人也和我有一样的经验，买了某些保养品使用之后，有的保养品让我感觉我不会再买来用，有的感觉以后买不买都行，而有的则让我感觉一定要买来再用、不用就不行了。KIEHL'S的经典的ULTRA FACIAL MOISTURIZER，就属于最后这一种。不过，我觉得这款面霜其实比较适合干性皮肤的人来用，不仅滋润，很多的化妆师也会把它当成"妆前乳"使用，让之后的粉底或底妆更服帖。但是唯一的不好处就是ULTRA FACIAL MOISTURIZER只是滋润肌肤，其他的功能如抗皱纹、污染、紧实等功能都是没有的。所以年纪大了以后，如果还持续用它的话，就一定要配合其他的抗老精华液产品了。

　　很有名的日本的Dr. Ci: Labo。自从它推出那个海洋芦荟的胶原蛋白的脸部保湿霜（洗完脸后就可以直接使用，不用再擦化妆水、精华素和保湿乳）就可以在各大杂志上看到这个牌子的身影。这款粉红色的就是那个超级有名的Aqua-Collagen-gel Super（白色瓶子）的敏感肌肤版。听说较新推出的这个粉红色的比之前的白色那个更温和、更舒适，感觉就是真的真的很保湿。

如果要拿它和我一直都最爱的KIEHL'S ULTRA FACIAL MOISTURIZER 相比较的话：

● Aqua Collagen Super Moisture属于那种gel形态，刚擦上去很水，没什么大感觉。但是之后越来越保湿。一整天下来，保水的gel都还留在皮肤上形成一种薄膜，一摸有点黏黏的手感（但绝对是觉得很舒服的保湿那种的黏腻感，完全不讨厌），有一丁点类似面膜的存在感，唯一的缺点就是睡觉有点粘枕头。

● KIEHL'S ULTRA FACIAL MOISTURIZER属于那种刚擦上去很滋润，油水都很平衡，很乳液的感觉。一整天下来，滋润都渗透到皮肤里面去了。用手摸上去，皮肤属于超级嫩嫩的。但那种面膜包覆的保湿感就没那么强烈了。

不过呢，最近这一年来，我又找到一个心头爱了，感觉比以上的两个更加适合成熟的女性使用。简单说就是我老了，口味更重了。现在最爱用的就是Shiseido的Advanced Super Revitalizer（Cream）感觉够滋润够舒服，不只有普通的保湿那么简单，另外还能减少皱纹，给肌肤提供高级的养分。唯一的问题就是我喜欢用厚一点的满满地涂在脸上，所以用量太快了，一瓶不到2个月就消耗掉了，现在用了不止6瓶了。这个，我也都是等到有特别Gift pack的时候买来囤积的。除了原本的面霜，其他的赠品也都很好用，是短期出门旅行的理想随身携带保养品。

>>> 9. 全效精华液

Estee Lauder Advanced Night Repair，这个应该是大家最耳熟能详的精华液。各大商店、杂志、电视等处的广告上，真是无所不在。个人使用后的感觉是一般，对我是可有可无的产品，用了不会看出什么特别的效果。但是也有非常多的人对这瓶综合精华液大力推荐，据说可以去痘印、保湿等。

Dr. Perricone MD 的 Cold Plasma，这个可是我花重金购买的最

新的全效精华液，最主要的目的就是针对我日益渐长的皱纹。我平常照相特别喜欢笑，以至于我的法令纹和嘴唇上面的皱纹越来越明显，已经明显到照相也能看出来了。所以我就寻求一个全面抗老化（如，紧实、弹性、光泽、滑嫩、质地、保湿，特别也包括皱纹等）的精华液。这个 Cold Plasma 里面的特别成分号称不管你是什么样的肤质，用这个 Cold Plasma 一定都起到优越作用，能适合你自己皮肤的抗老化功效。它是一种半乳霜半水的质地，和平常的精华液一样用在洗脸后、乳霜前。我用了也有一段时间，感受就是刚刚涂在脸上的时候会有那么一丁点说不上来是发烫还是刺痛的感觉，不过过个 30 秒就没有了。我基本上都涂在皱纹问题集中的额头、法令纹和脖子，没有什么特别的不好或不适合的感觉，皱纹感觉有很微弱的变淡了那么一些，整体的肤质基本上还是和以前一样，可能会比以前滋润滑嫩那么一点。但除此以外，也没什么明显能感受出来的大效果了。总之因为价钱不便宜，买之前最好用过试用装才下单，比较保险。

急救精华液：

CLARINS 的 skin beauty repair concentrate，这个主要是设计给敏感性皮肤的人用的。虽然是油状的，但是真的可以帮你修复受伤、敏感、有大状况的皮肤。之前在马尔代夫，晒伤了皮肤，在擦不管什么脸颊都痛的情况下，我滴了几滴这个精华素在手心里，然后让两手互相摩擦，加热之后用手抱住脸颊，这样过了 1~2 次，皮肤就真的不那么的敏感、脆弱了，但是平时没事的时候，我觉得擦这个就有点油了。

>>> 10. 嘴唇

记得以前参加选美的时候，评审会问："你最满意自己的哪个部位啊？"自己努力地想了想：头发，不够浓密、乌黑；眼睛，不够大；鼻子，不够挺；脸蛋，不够尖；身高，不够高；身材呢，不够后翘。所以经过了慎重思考后，我选择了嘴巴！说真的，就自己外表来说，我真的最满意的就是嘴巴了。嫩嫩的，没有唇纹，够滋润，大小、形状、颜色也都刚刚好。

但是，这些也都不是天生的。记得小的时候看杂志，看到介绍说南极的考察家都会把Elizabeth Arden的Eight Hour Cream擦在手上，而超级名模呢，都会把这个Eight Hour Cream擦在嘴上。年纪轻轻的我就被"超级名模"这4个字给忽悠到了，第二天就跑去百货公司买了这个Eight Hour Cream，从此之后，我每晚也都没停止过用它来擦嘴。而至今保持了10年前的嘴唇，哈哈哈。

不过认真地说，我个人认为Eight Hour Cream是最赞的护唇膏！特别是嘴唇会脱皮的人，睡觉前抹上厚厚的一层，第二天早上起来用温毛巾轻轻擦过嘴唇，老皮、死皮便会掉了！我每天睡觉前都擦，N年了才换了五六个Eight Hour Cream，你就知道它用量有多省了吧！长期不懈地呵护让我嘴唇的问题减至最小。除了擦嘴之外，皮肤上其他问题，如裂伤、晒伤、过敏、保湿、冻伤等，几乎都

可以用Eight Hour Cream来擦。换句话说，Eight Hour Cream是权威高贵版的凡士林！最后说一下，除了正常的大规格的以外，很多特惠组合或者机场都卖小包装的（感觉是大的一半左右）。我个人推荐最好是买小的，一来比较有成就感（大包装的用几年都还有，感觉完全没有用完的一天），二来小的方便携带出门。

另外值得一提就是最新出的Jurlique的Love Balm，说白了就是升级版的凡士林；香香且战斗力降级版的Eight Hour Cream。擦嘴感觉不那么滋润，擦脸又太油。但是呢，从随身的包包里拿出来，感觉就比凡士林高级点，也比Eight Hour Cream那么黏黏腻腻挤一坨的感觉更有气质些！但是晚上睡觉前，我还是会选择Eight Hour Cream。

039

>>> 11. 面膜

其实我觉得片状的面膜最方便，也最好用，基本上什么牌子的都不错（比较好用且价钱有不贵的Lifecella的各个种类等），敷完的感觉基本上都是很水嫩很饱和，不过不管什么牌子的面膜过了一晚之后皮肤的感觉就没那么滋润了（可能还是我没舍得花大钱买专柜大牌子的面膜，所以只体会了开架的面膜的质量）。其实我感觉，要是每天都敷是很麻烦的，所以我宁可花更多的钱买一瓶好的全效面霜感觉比较有效果！

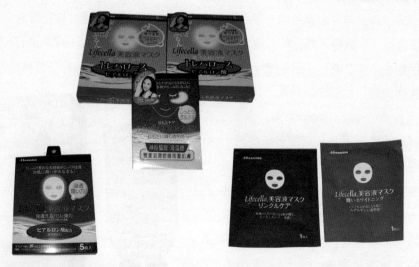

雪肌精面膜，美白超赞的，可以给90分。之前去大阪的环球影城玩，在30多度的高温，烈焰下整整晒了一天，晚上拿来雪肌精面膜一用，当我揭下面膜的那一刻，脸完全恢复了以往的白色！不过仅仅一片，大概就要澳币15.00（约合人民币95元），只能说一分钱一分货！

PAUL & JOE Treatment Peel Off Mask，这是

个相对比较特别的产品。就是你用在是擦完所有保养品的最后一道工序，帮助你把之前的保养品都牢牢地锁进皮肤里的了。主打口号是消除皮肤的紧张和倦怠。实际的体验呢还是很奇特的，这款Mask是非常黏的gel状，用在脸上的时候，好像就是把胶水擦到脸上一样。涂匀之后，脸上就有点凉凉的感觉，算是感觉到有比较帮你把皮肤放松了。之后面膜就会越来越紧绷，摸起来表面滑滑的，整个感觉比较像清洁用的撕脱式面膜多过保养面膜。过了大约20分钟，开始撕掉了，非常好撕，一点也不拉扯皮肤，而且边撕可以边感觉敷在你脸上的面膜是很滋润的，因为撕下来的薄膜都是油油、嫩嫩的。之后的皮肤有变得比较滑嫩，但也不会很滋润。但是让我最惊讶的

不是面膜本上的功效，而是当我撕面膜撕过鼻头的时候，我清楚看到面膜上面粘的粉刺和白头。这真的很神奇，因为我的鼻头就算用妙鼻贴（就是专门粘黑头的小小的黏性极佳的小块撕离式纸面膜）都很少会撕下来粉刺的，但是这个以保养为名里面油油多过清除的面膜竟然做到了？我也不知道为什么。但是摸摸我的鼻头，前所未有的干净、平滑、通透，真是误打误撞。本来为了证实我的说法，我是打算把鼻头处撕下来面膜展示给大家看看，但是太恶心了才作罢，不过效果绝对是有说服力的！不过也有可能是我在使用这款面膜之前，用了TAKAMI的Skin Peel的一些功劳吧！

　　Rinka梨花有特别介绍的韩国CONSLINE的Sweet Honey Pack面膜，听说在日本买挺贵的，上次去香港的SASA刚刚好看到，就买来试一试啦！感觉一分钱一分货，因为没有很贵，所以也就没有什么特别顶级的享受！敷着的时候是挺舒服的，但是特别黏，黏得用化妆水还擦不掉，好不容易保养上去的那点东西被清水这么一洗，就啥都没了！用后皮肤比以前是滑嫩了那么一点点，但是我想任何的

保养品，敷个20分钟应该都不差的啦。所以我觉得性价比一般，比起这个我更愿意用真正的面膜敷脸，起码之后不用洗。

Aesop的Primrose Facial Cleansing Masque（清洁面膜），这个东西很多的明星都推荐的。所以爱跟风的我也买了，更何况还是澳洲的产品。不过事实是用在我的脸上有点不太适合，我的脸太干，也有点敏感，敷上不到5分钟，脸皮就有点小痛了，不过用完后毛孔很干净，也很白嫩。但是用这个我想成就感最大的应该都是男生吧！像我男友Luke用完，结果差点没吓死我。这效果简直太神奇了，使用前后的皮肤简直完全像两个人。原来是毛孔粗大，还有黑头，而且干干地起皮；用了之后，皮肤滑嫩到跟我不相上下，摸起来白白嫩嫩，还滋润，毛孔几乎看不到了，黑头也都消失了。

PAUL & JOE脸部treatment oil，也是Cosme大赏的赫赫有名的上榜者。它的精油的香味很舒服，很清新！冬天很冷，皮肤干到不行的时候，我就会倒1~3滴在手心里，搓热了，然后慢慢地按压脸部来保湿以及修护皮肤。另外也可以用来当按摩脸部的辅助按摩油。不过按摩的时候呢，就一定要多倒几滴了，要保证在脸上够油，如果不够的话，之后用手按摩皮肤的话，就有点粗鲁了。按摩完的脸上肯定还是挺油的，之后我会在拿化妆棉加化妆水稍微的擦拭脸部，把过盛的油擦掉，以免长痘。

>>> 12. 美白

很多亚洲人的观念就是一白遮三丑，所以不懈地让自己的脸越来越白，所谓的没有最白只有更白，使用以及尝试了各种不同的美白保养产品，而有时反而忽略了最基础的保湿。我个人从来不追求皮肤要有多白（甚至我连用粉底液都是选比自己原有的肤色要深1~2号的色号），在我的概念里，皮肤的保湿才是最重要的环节，拥有了滋润、滑嫩的好肤质，整个人的气色才好，也不容易长皱纹显老。我最看重的是油水平衡，脸上散发出自然、透亮的光泽。不是太白的脸其实打扮好了之后比很白的脸看起来更立体更小，更能散发出迷人的光泽度。有时候皮肤过白反而很容易更加醒目地显示出脸部的小瑕疵，如黑眼圈、肤色不均匀、显得脸大等。当然不是说美白就不重要了，不过比起美白，认真地做好防晒工作才是王道。每天都应该擦SPF 20以上的防晒产品。如果夏天还去海边的话，一定要擦SFP 50以上的，我虽然不介意晒黑，但是怕脸上晒出斑来，我一般都用很全效的Lancome的UV EXPERT NEUROSHIELD 12H UV-POLLUTION ，SPF50，PA +++，用这个出去玩了一天回来，全身都黑了3号，但是我的脸还是跟以前一样白。另外这个防晒乳霜的质地很清淡、滋润，不会像很多欧美的防晒一样，一擦整个脸都是油油、白白的，超厚重的，也不会像很多日系的品牌，一擦非常滑也非常水，清爽到没有什么存在感。

最后，要说的是，给皮肤擦保养品就好像给皮肤每天吃饭一样，以我个人的体验，有时候稍微休息一下，说不定也是件好事。就我个人来说，我是干性皮肤，所以12~24小时不洗脸也不会油油的。如果我星期六白天在家洗好脸、又没有出门的话（当然了，出门了的皮肤就被环境污染了，回家就一定要洗脸），那么我星期六的晚上就不洗脸了，一直坚持到星期日白天。当然了，你要是觉得不洗脸很不舒服的话，还是要乖乖洗哦。我也有看过别的美容大师说，拿清水洗好脸之后就完全不擦保养品的过周末。但是对于干性皮肤的我而言，如果洗脸之后什么都不擦的话，那真的是干到太不舒服了，所以到底洗不洗、擦不擦，还是要考虑到自己的本身肤质，因地制宜哦！

我的护肤顺序如下。

早上：洗脸（最好是用洗脸凝胶或啫喱，会感觉洗得比较温和点）→ TAKAMI 的Skin Peel → 化妆水 → 眼霜 → 瘦脸霜 → 看个人情况而定的精华液（如，保湿、去皱等）→ 面霜 → 防晒/隔离霜

晚上：眼唇专用卸妆液卸眼妆 → 化妆油卸全脸 → 洗脸（最好是用洗脸粉，会感觉洗得比较的干净）→ TAKAMI 的Skin Peel → 化妆水 → 眼霜 → 一周大约一次的面膜 / 或者脸部按摩油 → 瘦脸霜 → 精华液（看需求：如果白天晒到了，就用镇定，修复皮肤的；太干的，就用保湿皮肤的；暗沉没精神的，就用含多种矿物质或者维生

素的等）→ 面霜

特注：如果要使用 PAUL & JOE Treatment Peel Off Mask 的话，要在使用完面霜之后哦。如果在使用完脸部按摩油或者一些要擦拭的面膜后，我一般会用清爽的化妆水来擦掉脸上多余的保养品。

不可忽视的身体保养

>>> 1. 身体护理

对于身体护理，我主要讲究的是紧实，一来皮肤的状态还不错，不会太干或者太油，二来经过多次的减肥，我的皮肤大体上比较松弛，所以一直在寻找好用的瘦身霜（特别是腹部的）。

寻寻觅觅了那么久，用过了很多类型的瘦小腹的 Cream 或 Lotion，我觉得其实 BIOTHERM 的 BODY RESCULPT ABDO tightening concentrate for stomach slimming and firming 真的很好用，不是说用它肚子上的肥肉就会消失了，但是，真的会帮你紧实小腹的肉肉，不会感觉那么松。当然了，除了瘦小腹霜，我没事还会坚持做 100~120 下的仰卧起坐，这个才是真正紧实小腹的最大功臣。另外我也用过

很多 CLARINS 的瘦身霜，两者比较的话，我都觉得没什么特别惊艳或显著的效果，但没事擦着，配合运动，图的是个安心啊！真要让要我选择的话，我会喜欢 BIOTHERM 多过 CLARINS。

另外我平常几乎都不擦身体乳液，但是冬天皮肤特别干的时候，还是会用这个L'OCCITANE的Organic Body Lotion with A.O.C Lavender essential oil。它的味道很自然，不会香的很假，虽然滋润，但也不会太油腻，吸收很快不会穿衣服时还黏黏的。适合普通肤质的人。

>>> 2. 关于头发那些事

洗发精：个人觉得用起来感觉很不错，可以看到效果的，主要有下面两种。第一个是Samy's Fat Hair "0" Calories Thickening Shampoo，洗完的头发真的感觉比较蓬，但是过一天就回去了，不过胜在价钱合理，长期用也不伤荷包，而且比起那些有机天然的洗发精，这个很容易起泡泡，所以洗起头发来非常爽快。

第二个算是已经很有名气的Lush的Big洗发精。里面含有海盐的颗粒，用起来真的会让你的头发感觉很蓬，很有分量。而且那种干干的蓬的感觉可以持续1~3天（因人而异）。但是用法我觉得有点小麻烦。当扭开罐子挖一坨洗发精在手上后，我会先把海盐颗粒用手揉匀了，才会放在头发上，那这过程中，洗发精的罐子还是打开的。之后用了几次，有些海盐颗粒会跑到罐沿上，所以不太好拧紧。用了几次之后，海盐颗粒会沉到洗发精下面，所以每次用之前还要搅一搅再挖，还容易掉地上很多，总之我用起来总会有很多的小状况。

护发精华液：日本买的La Sana和Sexy Girl，以及欧美的KERASTASE和L'OREAL，都是在头发半湿的时候涂两滴在发尾，之后再用吹风机吹干。之后的头发会非常的柔润、滑顺，有很美的光泽度。唯一的缺点就是如果不小心一次涂太多在头发上的话，整个头发就会感觉油腻腻的。

045

另外还有最近爱用的吹风机，爱它的原因是因为它的出风口可以装大大圆圆的网子。所以只要把头发放在上面等头发自己吹干就好了。既不会累到手，吹出来的头发还带有一点小弧度，比较自然，看起来也比较蓬。

>>> 3. 脱毛，你一定要知道的

当炎炎的夏天到来，到了穿得少、露得多的时候，大家就会介意自己比较碍眼的身体的杂毛。这里跟大家分享我自己如何去除体毛的一些小心得，小经验！不过请大家注意：不同的人不同的体质，可能相同过程中的感觉、体会也是不一样的哦，这里纯粹是我的经验而已。

（1）腋下

● 拔的：费时，费力。脖子酸，手麻，眼睛累（弄不好还会把自己搞到斗鸡眼）！不过效果还算持久，是我之前用过最多次的方法了！

● 刮的：要每天持续做，要不然刮过的毛刚长出来粗粗硬硬的，非常不舒服。而且刮了之后有些毛会长不出皮肤来。

- wax：没试过，不过听说毛一定够长才能做吧，反正几乎没见过有人的腋下是用 wax 的。

- 电动拔毛器：人生一次最悲惨，血淋淋的经验和教训！因为我之前减肥过，所以腋下的皮肤不够紧绷，用完电动拔毛器，整个腋下被搞到好像撕裂伤一样，痛到快要疯掉了。整个一个星期睡觉都是大字形的姿势，手臂一放下来就很痛！一个星期之后，等到腋下的皮肤结痂才好。

- 激光：一劳永逸！对我来说完全不痛！大概做了5次就再也不会长毛毛了。而且个人觉得，自己以前被拔毛或刮毛搞到很不美的皮肤（毛孔大，黑，皮肤不均匀，粗糙等）都有得到很好的改善哦！我自己感觉这是一项非常值得的投资，而且对汗腺也不会有影响。

(2) 比基尼处

- 拔的：应该会很痛吧，反正我是没有试过。

- 刮的：除了刮过的毛刚长出来粗硬，不舒服之外，对我来说，in-growth hair 也是一个很烦人的问题。

- wax：没试过，但听说很多外国人都这么做哦。不过也听说，他们做之前都会先吃1个止痛药。可想而知，这也不会是什么美妙的体验啦。

- 去毛膏：总觉得那里是敏感的地方，化学的东西还是越少用得越好吧！

- 电动拔毛器：从没试过，也从来不敢想试！

- 激光：一劳永逸！对我来说有痛哦。虽然每一下的激光都只有不到一秒的时间，但是用到强度3就是我的极限了（1最小，6最大，我做腋下都是6）。大概做4次就再也不想做了。虽然次数不多，力度不强，但是还是去得很彻底，就是穿再少布料的比基尼都会很安全的！所以我也很满足了！我觉得皮肤没有像做腋下时有那么好的改善啦，只有看到去毛的效果！

(3) 手臂

- 刮的：没试过。

- wax：其使我觉得手臂的毛真的不需要弄得。不过小时候的自己很无聊，弄完小腿无聊就来弄手臂，结果造成人生的一大败笔。因为当你用wax拔毛的时候，是要以逆着毛发生长的方向来拔，结果经过我这么一弄，我手臂之前服服帖帖地躺在皮肤上顺顺的毛竟然在下一次长出来的时候都是"立正站好"的姿势。害得我虽然只用过wax一次，但是到现在我手臂的毛毛都很迎风飘扬，不会贴倒在手臂上……

- 去毛膏：没试过。

- 电动拔毛器：从没试过。

- 去毛海绵：没试过。

(4) 小腿

- 刮的：我没刮过，也是怕之后的长出来的毛黑黑的，还粗硬就不美了。

- wax：我大概用了三四年哦（高中时代用得最频繁）。以前听说，你用wax久了之后，毛就不怎么爱长了，我觉得在我身上，真的有这种体会哦！不会说整个小腿都不长毛了，但是和以前比，毛有变得比较稀疏哦。以至于现在不仔细看，远远的是不太容易看到腿毛的。但是用wax真的很麻烦，不仅热wax的温度没弄好的话会烫到自己，黏黏的wax还很容易弄到到处都是，很不好清理。比口香糖还要麻烦很多，所以之后我就很懒得去用wax了。

- 去毛膏/去毛MOUSSE：最近都用这个（不过我也其实真的很少去腿毛。大概一年1~3次最多了）。很快，很方便，哪里都能弄，效果感觉也很满意。还有附送很

方便、好用的海绵哦，可以帮助你把毛毛更容易刷下来。

● 电动拔毛器：从没试过。

● 去毛海绵：说是用擦的就能把腿毛擦掉，还能去角质。我只用了一次，觉得除了擦掉自己腿上的很多干皮之外，腿毛没有少掉半根！

● 激光：没做过。因为性价比不高，完全不值得，效果也不会很好的（除非你的腿毛跟你腋下的毛一样的粗、浓）！

（5）嘴唇上方的，俗称小胡子

● 染色膏：我没试过，但很多人做，就是把小胡子染成和自己皮肤一样的肉色，就很不明显了啊。

● wax：这一种我只用过一次，是不用加热的！不只可以用到嘴唇上部，因为刷头很小，像眉毛下面的杂毛，修饰眉型等都是可以用的。但是个人只用过一次，觉得去毛的效果很一般。

● 带wax的小贴纸：感觉脱毛的力度不太够（纯粹的个人心得），这种贴纸是类似布的感觉。

● Nair MINI WAX STRIPS（for face and seneitive areas）：我个人用的品牌也不多，不过用到现在，算是我自己觉得用的还挺顺手的一个东西。也许其实还有更好用的，只不过我没有碰到过。

我个人去小胡子的步骤。

① 拿出一条wax strip，用吹风机加热。记得不要吹太久哦，要稍微热多一点的，但不要烫到皮肤的那种哦。② 把wax strip从中间打开，一分为二（它其实本来就是两张的小贴纸中间粘着蜜蜡的）。这时候打开了的wax strip应该就没有刚刚吹好的那么热了，但也要有热度才能融化到wax哦。③ 你要是先去右边的小胡子，就要把右边的嘴唇上方的皮绷紧。再把撕成一般的wax strip贴到皮肤上。用手指都顺着箭头的方向（也就是毛毛生长的方向）刷2~3次，确保wax很实在地粘到了小胡子。再顺着箭头的方向（也就是毛毛生长的逆向）神速、飞快地拔起wax strips。再重复以上步骤在另一半的嘴唇上就可以了。还有，做这个是要经验的，不是一次弄就能弄得很成功的，要多试几次才能找到自己的诀窍。另外，做完wax strip小胡子不是100%都被粘下来的，以我个人为例，大概还有30%还没有掉下来。这时候，我就会用小镊子把剩下的杂毛拔掉（平常我不敢用镊子拔，怕痛。但是经过wax strip这么一粘，剩下的在嘴唇上方的小胡子就算没掉下来，也变得很松动了，用镊子再拔，就不会觉得痛）。最后，脸上黏黏的wax一定要拿含有油类的产品才卸得掉。有些wax strips的盒子里还有送含有精油的小湿纸巾，我就用那个。要是用完湿纸巾了，我个人（只是我个人的经验哦，不知道大家要是照做，会不会对皮肤不好哦）会拿卸妆油涂在之前去毛毛的地方，来卸掉wax。

以个人的经验，用wax strip是不会让之后长出来的新的小胡子变粗变硬，但是也会让小胡子长得越来越少。反正就是一个很简单的除毛，并没有什么特别附加好处的这么一款产品。

要快！很快
非常快

051

脱毛后的处理：脱毛很重要，但是之后皮肤的护理也很重要，如果不小心的话，反而会对皮肤有伤害。我就重点介绍一下剃刀刮毛和激光去毛的后续护理。

剃刀刮毛之后，特别是腋下和比基尼处皮肤嫩的地方很容易会长"ingrown hair"（毛发内长），也就是本应该长出皮肤的毛毛没有长出来，反而反方向地长回皮肤里面，导致皮肤的表面发炎，长出像痘痘一样的颗粒，而里面可以看见倒长的毛毛。如图所示：

Ingrown Hair（毛发内长）

毛发因毛孔堵塞
而不能正常长出
皮肤表面。

如果你有这种情况，切忌不要将发炎、红肿的痘痘挤破，从中挑出倒长的毛毛。你可以去买专门针对这种ingrown hair的药水，每次刮完毛毛以后，把ingrown hair的药水倒在化妆棉上，然后擦拭刚刚刮过的皮肤，这样就不会怎么再有ingrown hair的问题了。如果还是继续有问题的话，那么就要一劳永逸，用激光永久去除了。

　　不过激光去毛的护理也是要注意的。在做激光去毛之前，切记最少3个月都不要用拔毛的，一定要用刮的。因为激光去毛的原理就是用机器定位你皮肤里的毛根，然后烧掉。如果你的毛是用拔的话，那么短时间内是没有毛根的，那么你去做激光的话，机器找不到毛根，也就等于你花钱白做。你3个月都是用刮的话，那么毛根就还存在你的皮肤里，去做激光脱毛之前把表面的毛刮掉，但是毛根还在，那么激光找起毛根来就相当方便了，所以做出来的效果也很好。因为我们身体上的毛毛不是一个时间同时生长的，所以激光去毛大约要每隔2~3个月做一次，去掉不同生长周期的毛毛。例如腋下的话，做了5次以上就可以基本上去除干净了。

　　激光处理后的皮肤刚开始可能会有点烧焦的痕迹，所以之后可以马上擦镇定皮肤或强效护理皮肤的精油、精华液等，来修护受伤的肌肤。不过我个人其实推荐冬天来做的，因为之前皮肤毛毛不能拔，只能刮，夏天就很不方便。激光处理后的皮肤比较的脆弱，最起码做好的第一个星期会非常怕晒到。而在冬天做的话，可以更好地保护皮肤，避免阳光、水、湿热等的伤害。就算不小心烫黑了一点点，也不会有人看到，可以等皮肤慢慢地恢复原状。

PART 3 化妆，让我们一起化"腐朽"为神奇

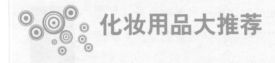

化妆用品大推荐

　　化妆品这玩意儿真的是白菜萝卜、各有所爱啊！再加上，每个人的皮肤类型也不尽相同，对化妆品选择的习惯也不是很一致，而新产品又层出不穷。所以，这里的推荐仅是根据我个人经验而已。

　　我用过的化妆品也还真的不少，所以，这里就介绍我个人用起来最喜欢、最上手、最后用没了还要再买的个人爱用品。虽然不是最权威的介绍，但是也是我化妆多年的心血精华。这里面的大部分的产品都是开架式的。在我目前的年龄阶段里面，我认为大部分的开架化妆品就已经很好用了，没有必要用到贵了好几倍的专柜的化妆品。也许，也许等我过了30岁以后就可能是不一样的心态。

　　在我的观念里，打底霜和粉底液的质量一定要非常高的，因为彩妆就是画在脸上，如果脸的基础不好的话，那之后的眼妆、唇妆多完美都是会扣分的。所以打底霜和粉底液我买专柜的比较多。而眉粉、眼影、腮红、唇彩和唇膏之类的，我觉得很多开架系列的已经做的和专柜的质量不相上下了，所以大部分我买开架。睫毛膏因为差不多6个月就要换新的，再加上我主要使用假睫毛，所以我选开架的。眼线因为离眼睛很近，如果质量不好，对眼睛是很刺激的，所以我大部分选专柜产品，用起来比较安心。

>>> 1. 打底

　　要是出门会长时间晒到大太阳的话，我会用Lancome的UV EXPERT NEUROSHIELD 12H UV-POLLUTION，质地很清淡，且滋润、好推，当粉底打底的也很适合。而且防晒力相当强，用起来不会像大多的防晒有那么死白。重复买了5次以上。

　　资生堂Beauty Voltage日中用美容液，化妆下底，

055

SPF 27，平常上班，出门用刚刚好。让我的妆比较不会脱妆。另外里面带了非常微量的闪粉，让之后上了粉底的皮肤看起来很有光泽感，肤质更好。重复买了2次。

Embryolisse化妆下底乳液，这个很好用，尤其是在你皮肤状态不佳、不好上妆的时候，先涂这个，之后再涂粉底的皮肤就看起来很有光泽，很滋润。但是这个也有个问题，就是没有防晒，我又懒得涂了这个，

再涂防晒，再涂粉底，这样也太累了吧。所以我几乎只有在晚上，或者大的活动前才会用，让自己的妆看起来不会干干的！但是呢，喜欢雾面妆感的人呢，可能就不太爱了，因为真的太滋润、保湿了，不想要看起来那么湿润，以及之后还想用干粉的人，可能要用棉纸压在脸上吸油，要不然之后的粉会整个粘在脸上。只买了一次，如果我真的能用掉的话（那么大的一瓶，其实每次用就只要拇指甲那么一点），我还是会再买的。

>>> 2. 粉底

最推荐的就是RMK的粉底液。非常水，使用后的脸非常光滑，有弹性。也很好推，质地很滋润。虽然感觉遮瑕力好像很淡，但也基本能把脸上有的一些不是很明显的瑕疵都遮盖掉。很适合每天日常使用，而且就算脸上出油了，也不会脱妆，是相当

不错的一个综合型的粉底液了！我因为脸上喜欢画黑一点，这样会显得脸比较小，而且我的脸本身就比身体的皮肤白了好几号的颜色，所以我的粉底液比我普通的肤色深了两号。我用RMK的颜色是104，大部分的亚洲女生其实用102或者103就是很自然的颜色了。重复买了2次。

使用粉底液的一点小心得：涂粉底液的时候，如果瓶口够大，可以用棉花棒去蘸粉底液。一来，减少手指和粉底液的直接接触，保持干净；少细菌；二来，之后蘸上粉底液的棉花棒不要扔，在画眉毛、眼妆、睫毛膏、口红等时，如果不小心画坏了，就可以拿这只棉花棒去清理。带点湿粉底液的棉花棒既容易擦掉彩妆，又可以修复擦掉后的皮肤，确保皮肤上还有自然的粉底，而不是秃秃的一块素肌。

>>> 3. 干粉或者散粉

我个人很少用的，因为比较喜欢自己的脸滋润到带点油亮的感觉，照相出来感觉皮肤特别好。如果真的要用散粉，我尽量选无色，所以颜色稍微淡一点，或者带一点点闪的，这样搭配了稍微深色的粉底液，皮肤会看起来很清透、亮丽。

>>> 4. 眉笔

MAC的旋转的眉笔，非常好用。因为是旋转的，所以不用麻烦要削笔尖。唯一的问题是比较贵，一只大约澳币30，因为我几乎都没有眉毛，所以使用颜色Fling(浅色)和Lingering（深色）搭配，这样看起来比较自然。重复买了20次以上，我的化妆柜里永远放着三四支备用。

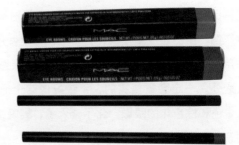

不过最近找到了MAYBELLINE的开架眉笔Define-A-Brow™ Eyebrow Pencil，虽然比起MAC的有那么一点不滑顺，也有那么一点不上色，但是只有MAC的1/3价格的这一点已经让我很开心了。一定会重复买的。

CANMAKE的Eye Brow Coat，看起来很像指甲油瓶子。其实是眉色定型液。画好眉毛以后，轻轻擦一层。这样便能防止眉毛上的颜色脱落，真的很好用。不使劲擦的话，一般用手、衣服等碰到是完全不会掉的。用了这个，基本上夏天可以防汗、防水！就算去海滩，只要小心不要碰到，下到海里都还是可以保护我的眉毛不掉色的！重复买了4次。

>>> 5. 眼影膏

因为我是很内双的眼睛，所以就面临着眼妆很容易被眼皮遮盖掉，顺便再出点油，整个眼妆就花掉、溶掉的问题。所以我都会先用膏状或者mousse状的眼影膏打底，这种眼影膏既可以在画眼影粉之前涂在眼睛上当打底的，也可以最后轻轻用手指压一层在完成的眼妆上，造成很迷蒙、雾状的感觉。

AUPRES欧珀莱流金绚彩眼影膏的金色GD765和棕色BR767。我喜爱的原因：颜色不夸张，浓淡比较容易自我掌控，价钱公道，容量也不小；用手指上眼影非常方便，随时随地都能进行，不需要专业的刷子也能画出渐层，补妆也同样方便！（不过记得保持手指干净）；在眼皮上的颜色相对比较持久，对于内双的我，积线问题不是太严重。虽然还没重复买，但是他们可是我所用的眼影中，唯一用到见底，而且已经快用没了的。想想，能在我50盒以上的眼影里还能如此保持受欢迎程度，可见其过人之处。一定会重复买的，不过好像这个旧的包装换掉了。以下就是我用AUPRES的金色和棕色化的眼影，化了一天了，到晚上照相眼线已经几乎全掉光了，但是眼影的颜色还是维持很艳丽的！

059

>>> 6. 眼影粉

　　我个人觉得，对于内双的女生们来说，大地色系的咖啡色、棕色、金色、绿色都是最适合的颜色（画上去肯定不会出错），紫色和黑色也基本上出不了什么大问题。但是，像蓝色、银色、银灰色、粉色等我认为都是比较危险的颜色，除非你的技术没话说，要不然很容易画出来给人感觉太做作。远看或照相还好，近看的话是既假又显得眼睛小还无神。所以我都会尽量避免买这类的颜色。另外，眼影我觉得最好是买中、日、韩产的，比较适合亚洲人的搭配，大部分眼影里都含有适度的珠光，画出来的效果很自然，没有欧美系的那么夸张。

　　粉状眼影实在太多啦。不过我个人最中意的就是开架的Kate眼影了。总体来说价钱便宜，质量几乎不输专柜眼影。颜色搭配相对比较保守，适合亚洲人，不夸张。每季都会出新的颜色甚至新的系列，另外广告做得也很吸引人。以下是我从2005年来所收集的Kate眼影们（因为官方的图片不会放实物照，所以这个可以给有兴趣买

Kate 的朋友当参考）。

　　我个人最爱的系列：Z形的眼影颜色很闪亮，颜色不会很夸张，但是其搭配却又比较的新奇，有一点点跳出框框的感觉。无论一盒里用哪几个颜色搭配，都有意想不到的新鲜感。很适合想要来点不一样，又怕做得太过火的人。粉盒里的粉压得也比较松一点，但却非常细致、舒服，非常很适合小烟熏妆。

Z形 BR-2　　　　　　　Z形 BR-1

Z形 PU-1　　　　　　　Z形 BU-1

　　第二喜欢的系列：菱形的 Deep Eyes 极致光五色眼影。眼影的粉质回归了 Z形眼影的细腻，闪度不多不少、刚刚好，光泽感很美。颜色搭配得也很正统，比较好画，保证给你个美美的深邃大眼。

　　第三喜欢的系列：格子五色。颜色都很闪亮，也很漂亮，带一盒出门可以搞定各个不同场合的眼妆。唯一的不好就是感觉粉没有那么细致，画在眼睛上好像没有那么服帖，不知道是不是因为亮片太多的关系。

菱形GY-1

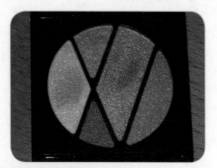

菱形BR-2

格子BK-1

格子BR-1

格子GD-1

　　双色眼影，是所有的眼影里面最最最闪的。颜色的搭配也很中规中矩的。由于每盒只有两种颜色，所以没有办法画很出很多的层次来。眼影的最表面的一层粉是超级闪的，刷掉了最上面的粉之后，闪度就含蓄了很多，但还是挺闪亮的。轻轻地刷适合白天的淡妆，重重地刷很多下就是适合晚上出去了。配合其他眼影盒里的深色就能做出烟熏妆的效果。

双色 BU-1

双色 GN-1

双色 GD-1

双色 BR-2

渐层眼影（新旧款），新款、旧款的感觉有95％的相似，唯一的不同就是新款多了一个银白色的cream的眼影打底膏。非常保守的颜色搭配，基本不会出错。

圆形眼影，颜色没有很闪，颜色的搭配也比较传统，全都是来自同一个色系的，稍微有一点变化。好好使用眼影盒里的颜色渐层搭配，就能达到感觉眼睛有很深邃的效果。很适合相对的保守派，不想要太夸张但是却喜欢有妆感的人。不过感觉这盒的眼影粉不太容易上色。

圆形 GN-1　　　　　　　　　圆形 BR-1

圆形 BU-1　　　　圆形 PK-1　　　　圆形 BK-1

长条的三色系的玩色眼影，感觉不是那么受大家欢迎，可能是和眼影盒里的配色有关（颜色搭配得很跳，不太一致），应该是卖给年轻人，想要画一些突出或不一样，从不和谐中找到完美搭配的眼妆。

其他的眼影的话，CANMAKE 的 Eye Nuance 圆形的三色眼影 13 号和 23 号也是一个非常便宜却

玩色眼影 EX-7

也非常实用兼百搭的眼影盒。粉质虽然没有专柜产品的细致，但是也非常好用且持久，颜色也比较安全不太会出错。

>>> 7. 眼影笔

NARS 的纯黑色眼线笔 black moon，虽然还没用完，但看着它日渐短小的身材，我也是倍感欣慰啊！笔芯的质地有点霜状，很容易在不伤眼皮的情况下画出流畅且清楚明显的眼线，颜色饱和浓密而且不容易晕掉。用完一定会再买的。

MAC 的 BURIED TREASURE：Underground brown-black with gold，深棕黑色中带着金色，我个人却觉得它其实有点深绿色感觉，有低调的华丽。笔头要用削的。很好画，用在眼睛旁边脆弱的皮肤也不会觉得疼！对我来说比较容易会晕开，所以大多时候，我都是先用眼线笔，再画眼影，最后上眼线液的。用完一定会再买的。颜色为试画图左边的长条深色，右边为与普通的深绿色的对比效果。

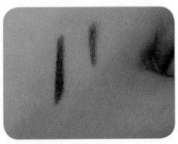

另外个人一点画眼妆的小心得：

● 　涂眼线液之前，用眼线笔打底，就算眼线液涂得不太好，也比较看不太出来哦。

● 　这项完全属于个人心理严重的洁癖问题所有感而发的，完全没有任何根据，大家看看就好噢。我啊，要是画眼线笔／液不小心画到眼睑上去，我一定要蹭掉（纯粹的心理问题，我从来不画内眼线，总觉得有东西在眼睑上不干净）。这时候，我会用眼药水滴一滴在棉花棒上去除掉眼睑上的彩妆。

>>> 8. 睫毛膏

因为我大部分化妆的时候都是使用假睫毛的，所以其实我对睫毛膏的要求并不是那么的严格。我一般都会买MAYBELLINE各个系列的睫毛膏，不贵，用不完过了6个月就扔掉也不会心疼。推出新睫毛膏的噱头、设计层出不穷，一时心痒、买来玩玩不伤荷包。

不过另外一个让我又爱又恨的就是VISEE的Curl long睫毛膏，真的，很Curl哦！用了它之后，我的睫毛可以卷翘一整天，就连卸妆了之后，还能维持卷度半天。要知道，戴假睫毛最怕的就是真假睫毛分家，要是一旦分家了，就真的很丑，就算刷了普通的睫毛膏，真的一层黑、假的一层黑……用了这个，就可以让自己的真睫毛异常翘，达到以假乱真境界了。缺点呢，就是它可以媲美强力3秒胶，我基本上卸眼妆20分钟都卸不干净，之后洗个澡，第二天睫毛膏的残留还在。所以，除非特别场合，不然我不会用这个的，想想一个眼妆也才20分钟，而卸掉它，可以耗费40分钟都不止，还弄掉很多真睫毛，不划算啊！但是关键时刻，用它出马，比电烫睫毛夹效果还好10倍。如果我碰到这个睫毛膏打折时候，还是会再买1个的。

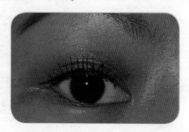

>>> 9. 睫毛夹

我用得到睫毛夹的时候，也大多数是使用假睫毛的时候，为了让真假睫毛可以融合在一起，并且让假睫毛翘起来，会有放大眼睛、明目的效果。所以我要用的睫毛夹的宽度一定要宽，可以把比正常人还长出一些的假睫毛都要夹进去。目前，我用到最容易夹到所有假睫毛的就是这个，也很顺手。重复买了两次。

>>> 10. 假睫毛

比起那种每一副单独包装的、比较昂贵的假睫毛，我更喜欢买一大盒的假睫毛。这些几乎都是属于一次性或不超过三次的。由于价钱便宜，一盒里总共有20条（10副），所以相对的，质量也没有那么好。我个人都是带一次到两次就丢掉的，这样比较干净卫生，保存也不会麻烦。所以我喜欢用便宜的假睫毛，最多使用两次之后就扔掉了，也不心疼。

自然款：据说是名媛孙芸芸、蔡依琳以及林志玲爱用的款式，据说而已。

非常自然的款式：平常上班戴也很OK，如果要多点强调效果的话，就在假睫毛上多刷几层的睫毛膏，就会变得很有存在感了。

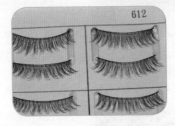
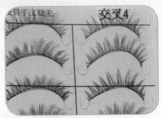

夸张的款式：有点夸张，不太有机会用到，而且质量有点硬，所以用起来不太舒服。

067

下眼皮的假睫毛：

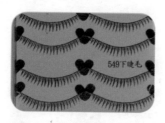

以下是属于比较高级版的假睫毛，一盒里只有2条/一副。基本上如果使用得当，又保存得好的话，重复使用多次也应该是没问题的。

MAC的假睫毛。很贵，也很自然。要大约快澳币10.00一盒了。不过由于质量太好，以至于梗很软，我个人是不太会保存的！这个应该算是MAC长期热卖产品之一！

左1：是在澳洲买的Revlon的，由于假睫毛太长，太整齐了，亚洲人戴起来会感觉较的夸张。中间：之前在小店买的夸张款式。右1：在日本买的假睫毛。包装实在是太可爱了，也很自然，好用，就是不便宜啊。

日本买的中档次的假睫毛。价钱比一副一盒的划算，但是比那些一大盒的要贵一些。不过质量有保证，新手用起来也不会太困难。用个5次以上也肯定没问题。

在日本杂志MAQUIA 2010年2月里介绍11位日本彩妆师的必买物品中，其中7位化妆师都选择了ASTRAEAV的假睫毛。我买的是加重眼尾的No 5和No 6.

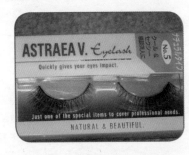

另外，给大家一个粘假睫毛的小tip。

如果想要把假睫毛粘得很牢固的话，那么先把假睫毛胶水顺着自己的眼线涂一条线，然后再把胶水涂到假睫毛上，等5秒钟之后粘到眼睛上。不过这个动作一定要做到快、狠、准。因为眼皮上已经有一条半干（也就是黏度最强的时候）的胶水了，如果第一次放到眼睛上没对准的话，之后眼皮和假睫毛已经粘住很多了，要再调整位置就很麻烦啦。之后爱翘的眼头再补点胶水，保证你假睫毛一整天都掉不下来。

如果你粘的假睫毛不翘、很爱往下塌的话，那么你在最开始涂胶水到假睫毛的梗的时候，尽量把胶水粘到梗的上部分（而不是整个的梗）。这样当你把假睫毛粘到眼皮上的时候，梗的上部分的胶水粘到的皮肤会比较多，相对应的，整个假睫毛看起来会有比较的翘一点哦！切记，粘好的假睫毛还是要用睫毛夹夹过才会比较的漂亮哦！

假睫毛胶水，我推荐Eyelashes Fixer EX颜色553（黑色）。这个真的是一物两用啊，除了当假睫毛的胶水以外，我已经完全把它当黑色的眼线液了。这个一定要眼皮上涂一层，假睫毛上涂一层才粘得牢固，如果只是假睫毛上一层的话，就很容易掉下来了。这个黑色的胶水，比眼线液还黑还持久，只要不用卸妆产品的话，上山下海是肯定不会掉的。平时我都用这个胶水（刚刚好也有个细细的刷头）轻轻地描一下最后我眼线的最后1/5，就是向外延伸的那一小段儿。要不然平常过几个小时，我爱出油的眼皮会晕掉很多的眼线。双眼皮内的都还好，我是内双，但是眼尾外面的那一段就很容易被看出来了。切记，要轻轻地快快地粘一点胶水就好，要不然画上去的就不是眼线，而是很黏的一坨黑色胶水了。

>>> 11. 眼线液

资生堂INOUI眼线笔，我很久之前就听说过它超级好用，可惜这个牌子已经停产了。这是我用过最好用的眼线液了，颜色很饱和，是纯正的黑色（而不是很黑的灰色），也很持久，不用过了几个小时之后，眼尾的颜色会慢慢剥落。也很容易洗掉，不会像有些眼线液，洗好脸之后眼线部分还有一条淡淡的痕迹存在。

资生堂国际专柜的Fine Eyeliner Ombre-Ligne Fine，笔尖同样可以画出非常细致、滑顺的线条，但是颜色比较起来，就没有INOUI眼线液笔的颜色浓黑。但是价钱却相当不便宜，而且稍微用久一点，黑色的液体很不容易出来。

另外一个好用的眼线液就是SONY CP Makemania防水极黑极细立体眼线液Solid Black Liner。这个是旧版的（最新出的是很粗的、带闪的，感觉不错，就是时

间久了眼尾爱掉屑），非常细，颜色也够黑，很容易填补假睫毛和真睫毛之间的缝隙，防水效果也很好。不过现在不太好找。

　　新款粗的，不是那么推荐，颜色易掉。

071

　　Bobbie Brown 的黑色眼线膏，颜色很黑、很饱和，很持久，也很好画。用这个眼线以后，就可以和熊猫眼绝对的绝缘。唯一麻烦的就每次除了眼影膏还要用刷子，那刷子用完了清洗比较麻烦，并且单手补妆比较不可行。

>>> 12. 腮红

　　已经停产了的资生堂 PN 的渐色腮红，这个腮红也是我化妆至今唯一一个可以用到见底的腮红，可想而知，它是多么好用。颜色自然，有渐层效果。可以一起用，也可分开用。最赞的是腮红的毛刷，特别的斜体设计，符合人体（脸）工学，怎么画效果都自然，最适合腮红初学者使用。重复买了4次，至今还有两个存货。

CANMAKE 的腮红颜色14号也是很值得购买的，价钱便宜，颜色很正，不会太可爱或者成熟，深点/浅点肤色的用都很合适。用来斜画（修饰脸形），或者直接画脸蛋上也可以。这个粉不怎么显色，所以下手重了也是没问题的。

Majolica Majorca 的腮红 OR322 的橘色也很漂亮，实用，不管是白皮肤的还是黑皮肤的，用起来都很自然，气色好。

>>> 13. 唇部

也可能因为我长期坚持每天晚上都用8 hour cream把嘴唇保养得太好了，所以真正化妆的时候，我对唇膏（唇彩）的要求不高，只要颜色对了，我都觉得非常好用（不过，我用Revlon的唇彩超过30分钟就会起白线，大家要注意哦）。也可能是因为我的眼睛比较小，所以每次都着重在化眼妆，所以嘴唇的部分只要自然就好，也就养成了我几乎都是滋润型的护唇膏代替唇彩的习惯。我个人推荐曼秀雷敦的所有系列的护唇膏，便宜好用，特别是比较新出的Lip Pure系列，另外它家唇彩也比较好用，颜色很自然，也非常漂亮，不会积白线，还有点闪。

Princess Kiss护唇膏也是比较好用的，和用透明的唇彩效果一样，但是完全不油腻，还很滋润。

 真人妆容示范

下面结合不同场合给出几种妆容示范。

073

>>> 1. 整体妆容示范

（1）人人都适合的金棕色系妆。

左：完全没化妆。右：是化好妆以后，哈哈哈，眼睛差别很大吧。

074

AUPRES欧泊莱眼影膏GD765和BR767，用浅色打底整个眼窝，稍微向外推一些。再用深色的涂双眼皮，并也稍微向外涂一些。目前为止的全脸图。

用Testimo这盒里面右下角最深的颜色，画双眼皮内，眼尾处加重，来点小倒勾的感觉。

用眼线笔画眼线。把假睫毛剪成3段，这样比较方便戴。型号是交叉7。粘上假睫毛，白点是还没干的胶水。

 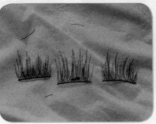 

睁眼的样子，再刷上睫毛膏。

075

再用金色亮晶晶的Testimo的shining eyeliner点在下眼睛处，眼中到眼头的位置。用Bobbi Brown的腮红下面的三个颜色当普通的腮红，用最上面的两个淡色当打亮的涂在眼睛下方和太阳穴那边。

完成图。

（2）无聊去朋友家打混的妆容。

　　介绍个无聊去朋友家打麻将或者混的妆容，前提就是你们都很熟了，所以不用特地化着精致的妆去！但是，要是万一要是有碰到有不熟的人，你也不至于太惨！还有就是混到很晚点回家后，不用卸妆，马上就能倒头就睡的妆容。

　　所需的道具：眉笔，假睫毛和胶水，还有油亮的护唇膏。其实MAC专柜卖得DUO假睫毛胶水也是非常好用的。一开始挤出来是白色的，带一点点黄，但是贴好之后过了半分钟就变成透明的，也是一个达到医学外科标准的胶。由天然橡树乳胶制成，挺臭的，但是黏性强，卸妆的时候，其实也不用卸妆液，拿手撕掉就很干净，不会留残留物在眼皮上。适合新手使用。我平常不用的原因有两点：没有带刷子，要自己在准备棉花棒涂胶水（有点麻烦，特别是要补妆的时候）；胶水最后是透明色的，没有黑色来得更加有放大眼睛的效果。

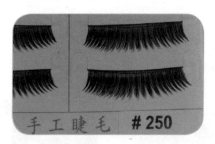

　　粘假睫毛：一般来说，粘假睫毛之前以及之后都一定要画黑色的眼线。但是画了眼线，回家就一定要卸妆的，所以这就是考验技术的时候了，完全不化眼线，就尽量

把假睫毛靠近自己的真睫毛来粘，然后稍微夹一夹就好。

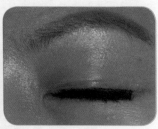

不用粉底、眼影、睫毛膏、腮红等，就只有用眉笔、假睫毛和护唇膏的我！回家后眉毛一擦，假睫毛一拔，就可以睡觉了。

（3）平常出门妆。

从左至右是：BOURJOIS的2色眼影，在日本买的CEZANNE的4色眼影，MISSHA的睫毛打底膏，TIFFA的黑色眼线液，BOURJOIS的睫毛膏，以及很美的BOURJOIS的3D肉色唇彩。

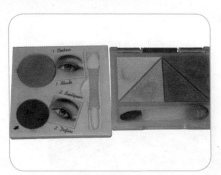

用CEZANNE眼影里面最右边的淡金色打底，画整个眼部。然后再用BOURJOIS2色眼影上面的杏色画眼窝。最后再用BOURJOIS2色眼影下面的深绿色画双眼皮内，然后稍微的向眼窝延伸一点点就好了。还有，要用深绿色画一点下眼影。

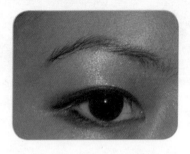

加上眼线：先用眼线笔，再用眼线液。睫毛打底之后，用BOURJOIS的睫毛膏刷个3层。

最后来赞赞这个很自然、很肉色的唇彩，虽然3D的效果有没有出来我不知道，但是涂在嘴唇上，真的很有裸唇的效果。超级自然的，很适合烟熏妆（眼重、唇淡的比例分配）。

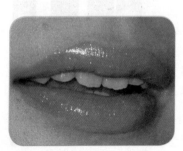

完成图。

>>> 2. 眼妆展示

因为个人对眼妆的"特殊"感情，所以对眼妆倾注了特殊的关注力，以下重点示范几个眼妆。

（1）浓妆级别的KATE Z字形BR-1的画法。

所用物品：RAYCIOUS的aura change金色隔离霜，effwsais的蜜粉，KATE Z字形BR-1，ANNA SUI的金色闪膏——

EYE Glitter 800，Bobbi Brown的腮红，MAC的眼线笔——BURIED TREASURE以及资生堂停产的inoui眼线液笔。其他没照到的东西还有NARS的纯黑色眼线笔-black moon，RMK粉底液104，MAC眉笔。

用ANNA SUI的EYE Glitter打底整个眼睛，再把Kate眼影里面左边的淡金色（三角形）也画在整个眼睛上。再用Kate眼影里面右边的棕色（三角形）涂整个的眼窝，力度要够，这样颜色比较显得出来。

079

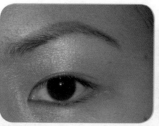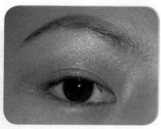

　　用MAC眼线笔画粗粗的上下眼线，眼尾也要连到。用Kate眼影里最上面长条状的深绿色重复地涂在刚刚画眼线的地方，并再向外描绘。上眼皮的宽度要超过双眼皮的褶皱（因个人而异，我是内双，所以不超过双眼皮的褶皱的话，就什么也看不到了）。

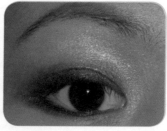

　　粘假睫毛，型号是728，闭眼效果以及另外一只眼睛。

　　用inoui眼线液笔再画一次上下眼线，眼尾要连到，并再拉长一些。闭眼效果以及另外一只眼睛。

妆前妆后对比图。

081

（2）亮片假睫毛妆。

　　所用的假睫毛以及 Stila 的眼影。这个眼影的粉质太容易上色了，轻轻地拿刷子一扫眼影粉，再往眼皮上一画，就是非常浓郁的色彩。用这个，下手千万要慎重。

　　用 Kate 的银色眼影膏打底，画黑色的眼线，然后用左边第三个的深绿色画在双眼皮处，左二的杏色当过滤的颜色，左一的淡色过滤在杏色的颜色外面！！

贴假睫毛，加画上下眼线以及棕色的下眼影，最后别忘了夹一夹真假睫毛哦。

对比图。

（3）普通出门眼妆。

　　用Kate眼影里最右边的乳膏（霜）状的眼影膏打底（盒子里的眼影棒不是原本的，真品让我弄丢了），再用双色Kate GD-1眼影里面的淡色画整个眼睛，最后用金色画眼窝。

 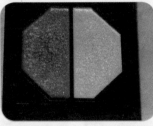 

　　用MAC里面最右的深紫色画双眼皮内，然后慢慢地向上晕染，晕染好之后戴假睫毛。

 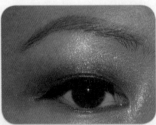 

　　用Elizabeth Arden的Gel eyeliner下面深色的画上眼线，然后用上面的浅棕色画下眼线之后，再用深色的稍微细描一遍下眼线。最后在上下眼尾处涂满，并向外延伸成个三角形。

083

（4）眼线笔为主的眼妆。

　　眼线笔为REVLON的HIGH DIMENSION Eyeliner，6支眼线笔从上到下分别为01 black flash、02 steel flash、03 flash bronze、04 plash sapphire、05 flash grenat、06 gold flash，从左到右顺序展示。

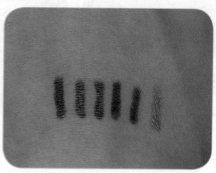

　　用REVLON的HIGH DIMENSION Eyeliner——04 plash sapphire所画的眼妆，眼线要比平时的稍微的粗一些，再用深色的眼影粉盖在眼线上，并向眼窝晕开。

（5）一次失败的眼妆以及如何修补。

　　一开始用眼影画的时候下手太重，注定这会是一个失败的眼妆。这里就告诉大家怎么把画得很失败，好像两眼被人打得淤血的青紫色眼影改变为正常的眼影。注定失败的开始，一开始我就用上错误的粉红色眼影，画眼线用的是02 steel flash（其实跟这支眼线笔完全没有关系）。

　　泛着青紫绿色的眼影，大错误！缘由是首先我用紫绿色的眼影来画烟熏，结果发现呈现出荧光感的绿紫色，实在不庄重也不好看啊。结果我自以为是的之后又加上墨绿棕色眼影，这下可好，雪上加霜，颜色就像两眼被人揍过一样的惨。而且眼影的范围画得太大了，非常的夸张、难看！

085

　　修补画错了的眼影，就是除了留下比双眼皮稍微宽点的眼影，剩下的眼影全部擦掉。再涂上一层粉底液遮盖那些擦不掉的眼影的颜色。再在眉毛下至眼窝处擦一点自然的金色的眼影，让它能和之前的双眼皮处的眼影稍微融合一下，感觉不会太突兀。然后用REVLON的HIGH DIMENSION Eyeliner的03 flash bronze和06 gold flash画下眼线。03的棕色眼线只画下眼线的靠近眼尾的1/2处，06的金色的眼线画整个下眼线，在棕色眼线的外围画！

现在看起来自然得多了吧，没像被人揍过似的了吧！

（6）黑色渐层妆。

这个好理解，就是照字面意思，把眼影里面的颜色一层一层地由浅而深地画上，就大功告成了。

所用的 Kate 渐层黑色眼影，用最右边的眼影膏打底，再画上黑色眼线。

086

画淡灰色在一半的眼皮上，用深灰色渐渐加重。

最深的黑色画双眼皮内，加假睫毛和黑色眼线液。

087

还有哦，我最特别的一次经验就是2007年TVB办活动的时候，我有幸成为化妆大师Kevin老师的化妆模特，当时在台上我的虽然表面假装镇定，但是心里已经美到冒泡，乐到快抽筋啦！大师手法果然不同，不过他强调一定要画白色眼线在下内眼睑来让眼睛看起来更加的黑白分明，水灵。

Coco独家秘技大公开

>>> 1. 简易假睫毛佩戴 "教程"

　　这里介绍的是最最简单的戴假睫毛的步骤。如果你能很融会贯通，非常熟练地操作以下步骤的话，那你就可以慢慢研究再高深的境界了（比如，眼尾多戴一层的加长款，或者戴两层假睫毛）。但是之后的一切都要先打好最基本的基础才行。另外，这里用到的假睫毛也是非常自然的款式，比较适合上班、面试或拜见长辈等。

　　首先准备好最最基本的材料，分别为假睫毛、剪刀、睫毛膏、假睫毛胶水、眼线笔、眼线液以及睫毛夹。

　　然后修剪假睫毛的长度，记得最好剪完以后使眼头的假睫毛稍微短点，这样佩戴起来的话，比较舒服和自然。

用黑色或深色的眼线笔画眼线。

稍微柔软一下假睫毛，特别是比较便宜大盒的那种假睫毛，质量相对差些，假睫毛的梗部比较硬。如果没有柔软够的话，之后戴起来不会很贴眼睛的弧度，也就会有假睫毛眼头或者眼尾翘的问题了。

以下介绍的是粘得最牢固的方法：先把薄薄一层的假睫毛胶水像画眼线一样的涂在眼睛上，记得眼头和眼尾涂稍微厚一点，之后粘假睫毛的时候会牢固一些（当然了，你也可以省略这个步骤，不过可能假睫毛的牢固程度就随之差了些）。另外新手的话，也可以省略这个步骤，因为画胶水在眼睛上之后需要你基本上一次就把假睫毛粘在正确的位置，如果你一开始位置没放好的话，之后再想挪动假睫毛就会很难了。

089

涂胶水在假睫毛上。也是注意要眼头、眼尾稍微厚一点，因为这两点是最爱翘起来的地方。

稍微等5秒左右，就可以把假睫毛粘到眼睛上了。因为假睫毛胶水半干不干的时候是粘起来最牢固的时候。

粘到眼睛上之后用手指稍微地推一推或压一压，这样做可以使真假睫毛能比较靠近，也会让假睫毛粘得比较上扬、比较漂亮。

稍微向上推之后的小改变。

用眼线液填补假睫毛和眼线之间的缝隙，让假睫毛的梗消失在黑色眼线液中，让眼睛看起来更加自然。

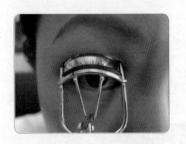

等到确定假睫毛牢固地粘在眼睛上之后，用睫毛夹夹一夹。使真假睫毛更浑然一体，并且上翘。

最后刷好睫毛膏后就大功告成了。如果可以的话，最好使用卷翘维持型的睫毛膏，因为一段时间以后，真睫毛会很容易塌下来的。

>>> 2. 关于打理头发。

091

(1) 外用小物品。

① 刘海魔术贴。很多女生都会把自己的刘海搞得很麻烦，平常还好，洗脸、化妆、吃饭、读书的时候那些邪恶的刘海就会一直在你眼睛旁边飘来飘去的，碍事！平常的细细的小卡子，很容易在头发上留下夹过的印子。这两个是在日本买的，可以帮我控制邪恶的刘海，而且还不会留下任何的痕迹。但是，我就不敢带出门就是了。

② 魔鬼粘发卷。我平时化妆的时候，都会卷一两个在头顶。化完妆，拿下来之后，头顶的头发会变得比较蓬，但不会很卷。如果想用它卷头发的话（我没试过，但听说）卷好之后，要用吹风机吹一下，大约15~30分钟（最后要用凉风收尾，头发才不会太毛躁）。

③ 蓬发魔鬼粘。我头发很稀少又细幼又太滑，所以平常走"清汤挂面"女学生路线还算ok。但是，要想走个时尚路线的话，不狂喷一些发胶，我的头发肯定是弄不出半点型的，因为太细太滑了，所以什么上卷、弄蓬，都搞不定，总之就是超级难打理！不过最近有了个新发现，也是我买的最得意的产品，可以让头顶蓬蓬的，质料是魔鬼粘，很软很舒服，在头顶上固定得也很牢。因为是软软实心的，所以就算头发很少，也不会用上之后在头顶上漏洞，非常自然。里面有大小两个规格，大的规格是走比较华丽、夸张的路线的，小的规格就是平常出门，普通路线的约合人民币46元一套。

以下是我出门逛街用小的随便弄的，什么发胶定型也没用，就效果不错了。还有路人说我头发Set很漂亮，殊不知，这是假的啦。

以下是我用大的弄得，基本上就是很直接地将它盖在头顶上，然后拿最前面的头发盖一盖，后面梳好绑好，就可以华丽丽地走成熟路线了。

093

另外你也可以把它放在自己的发髻上面做个复古高贵的盘发。步骤就是把头发分为前面的30%和剩下的70%，把70%绑成个发髻，然后把小的这个蓬发魔鬼粘放在发髻的正上面。再把剩下的30%的头发披散下来，均匀地盖住这个蓬发魔鬼粘，然后把多余的发尾做个干净的收尾就算成功了。我一般都是把最后的发尾绑起来，然后塞在蓬发魔鬼粘下面，这样就什么都看不出来了。

④ 假刘海。如果想变换造型，却怕剪了不适合自己，就可以买一个和自己发色相近的假刘海过过干瘾。

（2）快速头发的造型。

① 先让头发上卷。

② 把自己的头发分4份（发量多的人可以分更多的份），以我自己来说就是头顶+刘海的是一份，左右太阳穴到耳边的头发是一份，最开始后脑勺绑的那个揪是一份，最下面的头发是一份。

③ 把最下面的头发分成几撮绕到后脑勺的那个揪上（头发长的人可以绕一圈，甚至几圈），然后用夹子固定。尽量是左边的头发向右绕，右边的头发向左绕。

④ 左右太阳穴到耳边的头发也分撮再绕到后脑勺的那个揪上。

⑤ 把头顶和刘海的头发倒梳、刮蓬，然后也固定在揪上，这样就大功告成了。

⑥ 记得多喷点发胶，多用夹子固定。由于后脑勺的那个揪绑了太多的头发，尽量用U形夹子，才夹得牢，也不容易看到。

我们每天的穿着、打扮都会多多少少地受到别人的影响，有可能是你的父母、身边的朋友，也有可能是时尚或八卦杂志里的明星或名媛。就以我个人来说，我觉得我的人生到目前为止，影响我穿着style最大的人应该是名人Nicole Richie了（更正点说：是减肥瘦身成功后的Nicole Richie）。基本上可以说从我2004年开始的减肥和之后买衣服的感觉都有点想向她看齐的感觉。当然了，再过了三五年之后，我的style也可能会有改变的，但目前我最最欣赏的还是她。

我个人呢，穿衣服喜欢欧美的简约、时尚、休闲路线。总觉得日系等的啊，实在是太可爱，穿不好，就感觉自己像个装嫩版的金刚芭比。另外，有一两件有型、有质感的外套搭配平常的服装是非常必要的。经过长时间逛Fashion Blog的感受，也慢慢摸索出一套适合自己的穿衣搭配方法，比较适合25~35岁左右，上班、休闲、Party都可以的Mix & Match，下面就真人示范给大家咯。

Coco实践版服装搭配

>>> 1. 搭配用的鞋子和配件

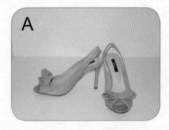

A

Sportsgirl 的 裸 色 高跟鞋，原价大约澳币120（1澳币约合6.3人民币，全书同），打完折大约澳币60。

B

Therapy Shoes 的 平底 凉 鞋，原 价 澳 币 60，打完折大约澳币30。

C

街边小店买的高跟鞋，大约澳币20。

F

D

Tony Bianco 的 肉 色 Platform 高 跟 鞋，澳 币 130。

E

Glamour Puss 的 黑色高跟鞋，坡度不高也不低，上班、休闲百搭，而且非常好走，基本可以健步如飞。澳币140左右。

很久之前买的绑带靴子，半价之后大约澳币150。

街边小店买的高跟鞋，大约澳币12。

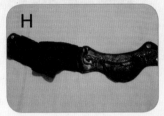

Blue Juice买的打折腰带，平均一条澳币8。

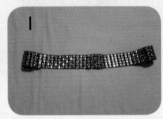

SHEIKE买的腰带，大约澳币40。

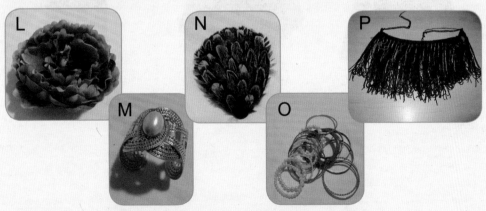

平常买的一些首饰，平均都不超过澳币20。

>>> 2. 搭配用的基本款服装

Cooper St买的深灰色西装款式外套，大约澳币140。

Forever New买的浅灰色西装款式外套，大约澳币80。

Urban Outfitters.com买的打折带点棕色的毛料西装外套，美金40。

General Pants & Co买的皮外套，大约澳币150。

ASOS买的黑色毛衣。

大连ZARA买的很便宜的黑色T-Shirt。

General Pants & Co 买的非常有型的T-Shirt，2件澳币50，我大概有最起码四个，黑色、白色、灰色等。

Sportsgirl买的小毛衣，大约澳币80。

泰国ZARA买的很便宜的休闲上衣。

Sportscraft买的很厚很有型的蓝白色条纹衬衫，澳币130。

Cooper St买的黑色上衣，原价大约澳币110，打完折大约澳币45。

小店买的黑色铆钉背心，大约澳币25。

Sportsgirl买的黑色连身短裤，大约澳币30~50。

Cooper St买的肉色连衣裙，原价大约澳币150，打完折大约澳币80。

小店买的长裙，澳币55。

Blue Juice买的小礼服，打完折大约澳币50。

General Pants & Co买的黑色小礼服，打完折澳币50。

大连ZARA买的打折很便宜的小礼服。

19

KOOKAI买的黑色斜肩小礼服，原价澳币120，打完折大约澳币35。

20

REVIEW的绸料衬衫，打完折大约澳币95。

21

小店买的碎花短裙，约澳币55。

22

大连ZARA买的裙子。

23

小店买的牛仔短裤，约澳币50。

24

REVIEW的短裙，打完折大约澳币65。

小店买的短裙，约澳币25。

皮料legging，约澳币55。

小店买的蓝色上衣，约澳币45。

>>> 3. 搭配实例

接下来就是实际的操作，主要应用于春夏秋季节（所用单品以单品对应图片中所标数字或字母代替）。特别说明一下，因为我的头和脸在整体身体的比例里面来说比较大，所以我基本上都避免穿领口小的衣服，这样会显得头和脸更加突出。平常主要选择宽领、大U领或者大V领的，而Party的时候最好选无领的，切忌不要选绕领或者连肩部分太多的服装，会感觉整个人很大块头。

（1）休闲时。适用于逛街、休闲游玩等，主要利用西装外套和皮衣做搭配，提升整体感觉。

8+23+F：

3+6+23+F：

1+6+23+C：

4+7+26+F+（P）：

1+7+26+G+P：

10+23+F：

5+12+26+E：

13+B+I+（1或4）：草编帽在夏天用可以既有型，又遮阳。

27+21+B：

9+D+（2）：

15+4+I+B：

15+1+J+C：把裙子的腰部用宽腰带绑住，就变成短裙了。

（2）Party时。肩宽的女生，不要遮遮掩掩的，穿带肩带或者绕脖子的会显得更加壮硕，欲盖弥彰只会有反效果。所以穿无肩带的展现线条，视觉上把自己的特点变焦点。

16+I+A：

5+16+I+A：天冷的时候加个有型的毛衣外套，既保暖又显得贵气，热了的时候也好收拾到包里，不怕折到。

18+A+N（戴在头上）：

19+D+L+M：花可以别在衣服上或者戴在头上。

17+A：

25+A+H+（2）：显得稍微有点壮硕的肩带，可以穿个外套平衡一下。

（3）上班时。穿着正式点一定要，但是穿得舒服我觉得更加重要，这样工作一整天也不会难受，干起活来也不会被衬衫绑得死死的，行动不便。所以里面可以穿个有型的T-shirt和西装裙，但是要见客人正式的时候套个西装外套就不会太失礼了。

6+24+E+I+O：

3+6+24+E+I+O：

6+22+A+J+（2）：

8+24+D+O：天冷的时候，穿个有型的宽毛衣搭配短裙也是一个不错的选择，舒服过衬衫外面再套毛衣。

27+24+D+M：

24+D+I：这种绕领的上衣会比较让人看起来头大肩膀宽，所以除非你真的脸或头很小，不然请小心尝试这种风格（我自己看起来就有点壮实的）。

2+18+A+N（别在外套上）：如果下班之后有活动或者Party时，可以把之后的小礼服穿在西装外套下面，这样之前上班也OK，也不用下班后还要带衣服、换衣服那么麻烦。

3+17+A：

2+19+D+H：

20+24+E+H+（1）：

11+D+H+（2或3）：

14+D+K：

2+6+Country Road 的棉制灰色裤子：

120

选对内衣，真的差很多

其实，选择对了内衣真的可以让我们的身材看起来差很多！有的时候我前面看起来还是小有实力的，而有的时候则看起来平淡无奇，这都是归功于选择内衣的对与错。基本上只要没有隆胸的朋友，胸部相对来说都是软软的，不会自己"立正起立"，所以这时候就是要靠合适的内衣让自己的胸部看起来既挺又深，也比较集中。

首先，先介绍一些我觉得不错的内衣。效果更不用说了，我觉得是一级棒的。虽然我用的内衣品牌种类不算多，但是华歌尔真是一个让我穿起来感觉很不错的内衣。首先来介绍一下自己的情况，我穿的内衣型号基本上在 C 或 D 之间游走。如果是很平常的时候，我就穿 C，如果想要放两颗水饺垫，让身材看起来更波涛汹涌的话，那我多半都选 D。另外，想要提醒的是千万别买带有蕾丝、刺绣在外边的内衣，内衣的外表一定要够滑，厚度也定要够挺，这样不管穿什么衣服，胸部才会看起来都是很有型。

华歌尔内衣，内衣前边V字形的地方一定要深，这样看起来才有乳沟。侧边的料子也要做得够宽、够结实、够有力，才可以把旁边多余的脂肪都移到胸前来。穿内衣最后的时候一定要弯腰，用手把副乳给拨到前面，这样才会制造出乳沟。最好内侧可以放水饺垫，也可以拿出来，很贴心的设计。想夸张就夸张，想自然就自然。

"隐形"内衣，内衣的边缘都是波浪状，这样就算穿起来勒得紧紧的，也不会尴尬地挤出一层肉来。也是可以随意放或取水饺垫，而且中间V字形的地方特别做加强处理，保证能挤出一个迷人的乳沟来。

澳洲买的内衣，一开始只是觉得颜色好看就买了，没想到穿出来的效果还不错，特别是中间V字形地方的剪裁，可以创造出很美的乳沟（注：在国外，很少能买到带水饺垫的内衣）。

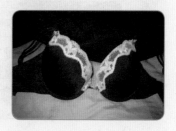

现在很流行的，可以让你穿超低领的外衣但也不

121

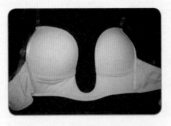

会走光的内衣。唯一的缺点就是罩杯和自己的胸部不是很服帖，容易往外浮，从侧边看容易走光哦！不过，穿上外衣之后就好了。

另外以下是一些买得很失败，刚好可以当反面的教材！①：当时只顾着图案买的可爱型内衣！最主要的问题是两边的带子太薄，又不够宽，属于薄纱状的，当你一穿好内衣的时候，身侧两边的肉就会被挤出来，不只不能让胸部看起来大，反而看起来很扁。②、③：最失败的一个了，我当时只为了本命年，新年的第一天要穿红色的内衣而买，基本上这件内衣对我来说，从头错到尾，面料错、带子错、罩杯错……穿好之后，整个胸部下垂，要多惨，有多惨。

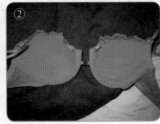
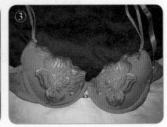

最后，来真人示范图给大家看，你们就会明白为什么说"其实，选择了对的内衣真的可以差很多"！

123

　　还有不得不提的就是风水轮流转，虽然大胸部的女生永远都是男生们的焦点。但是流行趋势呢，也是说变就变。现在Kate Moss、Nicole Richie和骨瘦如柴的模特们也带领着不食人间烟火的平板身材风。事实上很多飘逸的衣服搭配瘦瘦的飞机场的身材的话，看起来就会非常时尚、非常出尘。但是如果搭配一个前凸后翘的魔鬼身材的话，就变得没有那么有灵性。所以，搭配这类型的衣服，我都会买让自己的胸部比较自然的内衣，这样才比较会显现胸前的锁骨，有骨感feel。以下的这类型的衣服就是我觉得如果胸部太丰满的话，就没有那么有feel的，适合比较自然的胸型。

　　那所搭配的内衣呢，就介绍个我在澳洲买的，穿起来胸部很自然，完全不会让你的胸部显大，更不会创造乳沟的舒服内衣了，但是也不会显得下垂。另外我喜欢它是因为它的料子很薄，夏天穿很舒服。后面也不是挂钩的，而是薄薄一片的，所以就算穿很贴身的衣服也看不出来。而且这内衣是双面穿的哦，连带子都好心地附了两个颜色，做到滴水不漏。内衣边边也是波浪状的，不会勒出肥肉来。

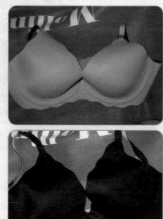

附送
COCO独家收纳技巧

一、化妆品收纳

　　有了这么多的化妆品，我也就面临了一个大家都会有的问题，怎么收拾啊？既要干净、不占空间，还要容易拿取、整理以及分类。于是我跑去IKEA买了一个专门化妆品的小柜子。共分了六层，每层的抽屉都是专门设计给装女性的化妆保养品的。可根据自己的需要来买相对应的抽屉。

　　我的抽屉从上到下的顺序是按照我平常化妆的顺序，这样化妆时就不会手忙脚乱，找不到想要的东西。另一个心得是所有的化妆品一定要放在你一目了然的地方，才会让你平均得每个化妆品都用到，而不是固定只用几样，而忽略了其他的眼影、唇膏等。

127

第1层：放平常用的小首饰。根据当天的衣服来搭配首饰和彩妆。另一个我个人小秘密就是把所有的首饰都装在透明的密封的袋子里，可以防止首饰落灰、变脏和氧化。

第2层：隔离霜，修饰底霜，粉底液，干粉，闪粉，遮瑕膏/笔等。一般我们要有一两个不同深度的粉底液，好搭配混合使用，人的脸不是永远是同一个颜色的。

第3层：眼影们，有粉状、膏状、散粉状的。最爱的当然是Kate了。

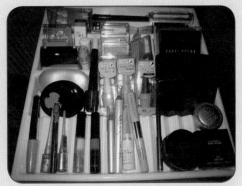

第4层：眉笔、染眉膏、定眉粉的
定型液、睫毛膏、眼线笔、眼线液、修
眉剪、睫毛夹、修眼线的修改笔，还有
最重要的镊子。

第5层：腮红，棕色的修饰脸形的
修容粉。最前面几乎都是专门给眼睛用
的闪粉眼线液。

第6层：所有的口红、唇彩。后面大
多是化妆棉和化妆刷专用的清洁液。

129

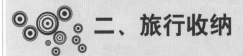 二、旅行收纳

虽然我老妈从来不觉得我是一个爱把东西收拾整齐的孩子（尤其是什么书桌啊，柜
子啊，衣橱啊）！但我不得不为自己平反说：在某些我自己很爱的东西（例如，保养品、

化妆品以及零散的小东西）方面，我还是会很规矩很规整地把东西收拾得妥妥当当的。

因为从小就经常要面对时常换地方住（刚来澳洲住home stay的时候），或者回国放假、搬家、出远门等，慢慢地莫名其妙地收拾行李竟然成了我的一项兴趣也自然而然地成了我的强项，我是真的很在行把行李在最短的时间内收拾得很完美的！

这里就说一说在收拾行李的时候，有很多的小东西是既怕压，又怕洒出来，还怕在行李箱里面滚得到处跑！所以我很喜欢把这些有的没的小瓶瓶罐罐们集中装盒、集中管理，这样不只在行李的运送途中防止它们被挤压到，另外到了目的地打开行李的时候，也比较好拿、好放。另外，把那些不耐摔的东西都放在衣服堆里也是很保险的。

装在小饼干盒子里的小瓶精华液、洗脸粉、美白精华液、卷头发的以及小瓶精油等。

装在硬壳化妆包里的化妆品！其实这些眼影啊粉底啊什么的是比较耐压耐挤的，但是不怎么耐摔。所以，以防万一，还是好好收纳比较安心！

　　首饰盒，还是选硬的比较好，尤其是耳环什么的，弄不好，很容易压变形的！可能的话，尽量找那种有一个一个小格子的盒子（像类似装药的盒子），才能很整齐放耳环什么的。这样它们也不会打结在一起，另外用透明塑胶袋把耳环分开装，除了可以防止氧化以外，也可以同样避免它们纠缠在一起！

　　还要提到对我很重要的鞋盒。鞋盒在我的人生中担任着一个很重要的角色，这也要归功于从小就看我妈从来不扔鞋盒而养成的优点。鞋盒可以用来装信件，装乱七八糟的小东西，可以当包裹寄给国外的朋友，也可以放在行李箱里装怕压怕挤的东西（但这里的鞋盒的首要条件就是不能太重）这个鞋盒里面装了眼药水、化妆水、卸妆水、保养品等。

还有像假睫毛，虽然已经有纸盒装了，但还是很怕压，所以我还是细心地又包了一层气泡纸。另外单独的小罐子怕洒的话，也可以套一个能密封的塑料小袋子。

那些最怕滚来滚去最后不知道会滚到哪里去的小瓶瓶罐罐之类的，我一定会放在盒子/袋子里，最好还是透明的，这样如果在旅行的中途要用的话，可以马上就能找到，而不是要把所有的东西都倒出来再找。这里面可装了不少的指甲油，小瓶的化妆水、卸妆油、乳液，各类的小试用装，药膏、药水等。

其他的像眼线笔、唇彩、睫毛膏这些既不怕摔，也不怕压的东西就装在普通化妆包里就好了。

衣服或者鞋子的话，可以把它们装到专门放入行李箱的整理袋里面。这种整理袋在很多的旅行用品商店或者无印良品就可以买到，一个中袋子装衣服，一个小袋子装内衣、泳衣、袜子等。之后你会发现原来不用整理袋满满的行李箱，在改用整理袋之后竟然会宽敞很多，可以放更多的东西。而且到了目的地，只要把一个个袋子拿出来，不用2分钟的时间，整个行李箱也就清干净了。

　　最后不得不提的就是一定要投资一个好用的行李箱，这会让你的旅程省事太多了。我强力推荐RIMOWA行李箱，是我用过最好用的行李箱了。最赞的功能就是行李箱的滚轮太好用了，不管多重的行李，女生都可以很轻松使用。记得我一个人从香港回来，装了满满的一个4轮的大行李箱和一个2轮的小行李箱，要是平常的话，一定都要很费力地放在机场的推车上，然后再卸下来，但是因为是RIMOWA行李箱，不是一般的好推，我一只手推，一只手拉，感觉好像没带任何的行李一样（轮子好到你只要轻轻一推，行李箱就顺着慢慢地往前滑，跟没有行李箱一样轻松自如）。另外RIMOWA行李箱本身也不重，而且很有质感，用起来感觉很潇洒！

133

三、家居收纳

　　大家也许一生都会有要搬家，或者临时换住的地方的经验。当然，临时的地方一定不会像自己的窝那样给你准备好了各个柜子以便收纳之用。我就面临了东西越买越多，但是完全没有柜子或抽屉方的窘境。

这时候，我就建议一定要几个透明的整理箱，这样就可以把平时不是那么需要物品归类放进去，以下就是从原来一个凌乱的柜子改变成虽然不是很好看、但是相对比较整齐、干净的柜子。而且因为有盖子，所以上面还可以继续叠衣服啊什么的。等到搬家的时候，你就不必再收拾，直接搬这个塑料箱子就可以走人了。之后搬到了新的地方，箱子的瓶瓶罐罐已经找到了一个正式居所的话，这些箱子还可以用来当收纳的柜子，箱子外面再标明里面的内容物，装些换季的衣服，不常用的床单、被单、毯子、包包什么的，然后一个叠一个地放在衣橱里。这样，既不占空间，找起东西来还方便。

以下就是由原本凌乱的瓶瓶罐罐整理成的两个干净的塑料盒。

当你收拾小物品到抽屉里的时候，建议使用有"隔间"的塑料盒。这样物品不仅可以分类归放，要用的时候也可以一目了然、很快找到要用的东西。另外要搬走的时候，直接拿塑料盒就好了，省得麻烦。此外，很多零散的面膜也可以竖起来装到塑料盒，好整理、容易找、省空间。